Herstellung und Verlag:

BoD – Books on Demand, Norderstedt

Bibliografische Information der Deutschen Nationalbibliothek

Die Deutsche Nationalbibliothek verzeichnet diese Publikation in der Deutschen Nationalbibliografie; detaillierte bibliografische Daten sind im Internet über http://dnb.dnb.de abrufbar.

ISBN: 978-3-7504-2102-8

Tagebuch einer Spätrentnerin

von

Bärbel Rühl

2019

Layout

Jan Hintze

Der Beginn meiner neuen Zeitrechnung

oder

Tagebuch einer Spätrentnerin

Als ich mit 70 Jahren in den beruflichen Ruhestand trat hatte ich mir vorgenommen ein Tagebuch über das erste Jahr dieses neuen Lebensabschnittes zu schreiben, musste aber nach einigem Überlegen schnell feststellen, dass dies, wörtlich genommen, etwas langatmig werden könnte. 365 Tagebucheinträge hätten wohl zu einer Überforderung des Lesers geführt, bestimmt aber zu meiner.

Dies ist mein ganz persönliches Tagebuch und alle aufgeschriebenen Erkenntnisse haben nur sehr bedingt Allgemeingültigkeit.

Eine Warnung: Es ist nicht zum Lesen geeignet für Menschen, die noch nicht im Rentenalter sind. Es enthält deprimierende Teile und könnte die Freude auf diesen Lebensanschnitt stark schmälern.

 Tag Null meiner neuen Zeitrechnung. 29.12.

Dies ist der Tag Null für mich und das in mehrfacher Hinsicht.

Erst einmal ist meine 7.Null, nicht unerwartet aber unerwünscht, über mich gekommen oder zu mir gekommen oder einfach bei mir aufgetaucht.

Zum anderen ist es der Tag Null für einen neuen Lebensabschnitt. Ich bin heute zur Spätrentnerin geworden, im Gegensatz zu den vielen, mehr bekannten Frührentnern, die unsere Cafés und Reisebusunternehmen unterstützen.

Es ist also der letzte Tag meines Geld-für Arbeit-Lebens.

Ab jetzt ist Arbeit nur noch ehrenamtlich eine Option. Dafür gibt es ein breites Betätigungsfeld. Was wäre unsere Gesellschaft ohne die vielen vitalen, nach Beschäftigung suchenden Rentnern?

Aber will ich mich da einreihen? Ich weiß es noch nicht. Es wird sich zeigen, wie sich mein Spätrentnerdasein entwickeln wird. Erst einmal werde ich sehen, ob ich etwas vermisse, ob ich Lücken füllen muss oder ob ich zufrieden bin mit dem, was meine tägliche Routine werden wird.

Ich habe Pläne für mich selbst. Einen Gang oder auch zwei herunterschalten, mein Lebenstempo meinem Alter anpassen. Viele Reisen unternehmen, ich habe schon einige Reiseziele ins Auge gefasst. Lesen, viel lesen. Das muss nicht hohe Literatur sein, das können einfach Bücher sein, die zum Weiterlesen anregen, weil sie so überzeugend geschrieben sind oder ein interessantes Thema behandeln. Ins Kino gehen, ins Theater, in Konzerte. Es gibt so viele Dinge, die in den letzten Jahrzehnten einfach zu kurz gekommen sind.

Und vor allem Freundschaften pflegen. Ich brauche menschliche Kontakte für mein Wohlbefinden, unbedingt. Ich weiß, dass es Menschen gibt, die mit ihrem Hund, ihrer Katze oder nur mit sich selbst zufrieden sind. Obwohl ich von solchen Aussagen nicht ganz überzeugt bin. Wir alle brauchen Dialoge,

Gedankenaustausch, sonst werden wir zu Caspar Hausers und wer will das schon freiwillig?

Vielleicht ist das Bedürfnis nach solchen Kontakten nicht bei allen Menschen gleich stark, der eine braucht weniger davon, der andere mehr aber ich glaube nicht, dass ein menschliches Wesen mit sich allein zufrieden sein kann oder mit einem Tier als Ersatz.

Ich weiß für mich jedenfalls, dass ich den Austausch mit Menschen dringend benötige um zufrieden zu sein.

An diesen Zielen will und muss ich arbeiten und damit fange ich gleich einmal an. Also gehe ich in einen Buchladen und kaufe mir einen Stapel Bücher, in ein Reisebüro und hole mir Reisekataloge, ich erforsche die Programme der Theater, der Kinos und weitere Veranstaltungstermine. Und ich mache das alles gaaanz laaangsam, so ganz anders als bisher. Das kann schon einige Tage dauern.

Und ich verabrede mich mit 3-4 Freundinnen für die kommende Woche. Das sollte erst einmal an Aktivitäten reichen. Es soll nicht zu viel werden, ich bin schließlich in Rente!

Tag 1 meiner neuen Zeitrechnung

Meine Mutter erzählte als alte Frau von ihrem dreigeteilten Leben. Sie erzählte es allen Leuten, die ihr zuhörten und auch den anderen.

Die Dreiteilung war: vor der Ehe, Ehe, nach der Ehe.

Wegen des 2. Weltkrieges heiratete sie spät und das letzte Drittel hatte sie sich redlich verdient und genoss den Abschnitt „nach der Ehe", nachdem ihr Mann, mein Vater, gestorben war.

Bei mir sieht das anders aus. Mein Leben ist zweigeteilt, in Familien-und Arbeitsleben, jetzt gefolgt vom drucklosen Nichtstun, Wenig tun, nur tun, was ich möchte. Es wird sich zeigen, ob das stimmt und sich so entwickelt.

Auf meiner Geburtstagsfeier hatte ich verkündet, ich wolle nicht pessimistisch sein, nicht von Leid und Krankheit erzählen aber Anderen geduldig bei diesen Berichten lauschen, meine enorm angehäuften Weisheiten nur zum besten geben, wenn erfragt und insgesamt eine verträgliche Zeitgenossin sein.

Dabei bin ich der Meinung, meine Probleme liegen ganz woanders. Z.B. sollte ich besser aufpassen auf meinen 2 Beinen zu bleiben und das meine ich wörtlich und nicht über jede Unebenheit auf dem Gehweg zu stolpern und mich zum Schrecken der Leute um mich herum auch noch auf die Knie oder auf die Nase zu fallen. Heile Knochen sind viel wichtiger als ein angenehmer Zeitgenosse zu sein. Finde ich!

Diese Anziehung Richtung Füße bezieht sich beileibe nicht nur auf den öffentlichen Raum. Auch in der gewohnten Wohnumgebung, in der man die kleinen Fallen und Stolperstellen kennen sollte, lässt es sich schnell bewerkstelligen von der Vertikalen in tiefer gelegene horizontale Bereiche zu stolpern, zu fallen oder zu rutschen. Und dabei sind die alten Knochen brüchiger geworden und möchten eigentlich nur ohne größere Erschütterungen bewegt werden.

Es müsste unsichtbare Gehstöcke oder Gehwagen geben, dann hätte ich die wichtige Unterstützung dieser Geräte ohne das peinliche Eingeständnis einer eventuellen Notwendigkeit. Aber so weit bin ich zum Glück noch nicht.

Oh Graus, oh Graus, wie soll es erst werden mit einer 8 oder 9 vor der Null?

Abwarten und nicht verblüffen lassen ist meine Devise.

Tag 2 meiner neuen Zeitrechnung

Heute ist ausgerechnet auch noch Silvester. Der Tag der Reflektion, der Abrechnung mit den guten Vorsätze der letzten Jahreswende und der Formulierung der neuen, die man spätestens am 15.1. des neuen Jahres wieder vergessen oder weil zu schwer durchsetzbar, entschuldigend lächelnd, auf den nächsten Silvester verschoben hat. Das Vergessen der guten Vorsätze kann aber auch viel schneller gehen, die Wahrscheinlichkeit für eine längere Dauer ist da ehr selten. Die Halbwertzeit lässt sich meist in Tagen beziffern.

Trotzdem ist dies der Tag schlechten Gewohnheiten den Kampf anzusagen, voller guter Vorsätze und der Überzeugung in die eigene Durchsetzungsfähigkeit gegen sich selbst. Naja, und wenn es nicht klappt, also nicht so ganz wie gewünscht, sich nicht so umsetzen lässt wie gehofft, also dann........war der Versuch zumindest sehr lobenswert. Man sieht ja, die Anderen schaffen es auch nicht oder oft nicht oder positiv ausgedrückt: selten.

Bei mir fällt der Rückblick etwas umfassender aus, nicht nur das zu Ende gehende Jahr betreffend, nein, mein ganzes bisheriges Leben

Aber, ehrlich gesagt, diese Gedanken will ich eigentlich gar nicht aufkommen lassen. Es war wie es war und ich möchte nicht noch einmal 20 oder 30 sein. Ich würde doch nur wieder dieselben Fehler machen. Nein, das will ich nicht. Und was vorbei ist, ist vorbei. Da kann man nichts machen, da kann man nichts ändern. Ich sehe nach vorn. Jawohl!

Ist da denn noch etwas worauf ich mich freuen kann? Da wird schon noch etwas sein außer sich morgens schon auf das Fernsehprogramm am Nachmittag oder am Abend zu freuen. Außerdem weiß ich gar nicht, wie lange mir dieses Medium noch erhalten bleibt, bei der rasanten technischen Entwicklung. Man erhalte mir meine abendliche Sofaecke mit Blick auf Pilcher, Jauch, Kleber und Co. Was mag nur danach kommen?

Die Sonne scheint und das am 1.1. Was will ich mehr?

Es hat ja auch absolut keinen Sinn zu erwarten oder zu erhoffen, dass:

1. Donald Trump durch eine Gehirnzellenauffrischung zu irgendwelchen allgemeinverträglichen Reaktionen und Denkweisen fähig werden könnte.
2. Herr Erdogan und Kimm Jon Un ihre Aggressionspotentiale in einer Boxarena oder an einem simplen Punchbag abreagieren werden und dann milde lächelnd und in ganz neuem Geiste in der Öffentlichkeit wieder auftauchen.
3. dieser eigenartige Herr Dutarte von den Philippinen wegen vielfachen Mordes vor Gericht und dann im Gefängnis landen wird.

Ich hätte da einen Vorschlag zu machen. Die UNO hat so viele Untergruppen, warum nicht eine mit der Bezeichnung großes „P" und kleines „g". Dies stünde für „Psychiatrie geschlossen". Bei Verurteilung einer Person durch die UN-Vollversammlung mit einer Zustimmung von 89,99% dürfte es nicht möglich sein von einer Nation ein Veto einzulegen. Bei einem solchen Abstimmungsergebnis müsste eine Resolution angenommen und die zur Verurteilung gebrachte Person von Blauhelmen verhaftet und in „P g" verbracht werden. Hier könnten sich dann kleine Skatrunden zusammen finden. Die UN müsste nur ein Auge darauf haben, das die Zahl der Eingewiesenen sich durch 3 teilen ließe. Sollte einer der bekannten Choleriker ausflippen, käme er in eine Gummizelle bis er wieder ruhig lächeln kann.

Doppelkopf wäre als Beschäftigungstherapie nicht so sehr geeignet, weil sich hier Partner zum Zusammenspiel finden müssten. Die einsitzenden Patienten haben aber schon vor der Einweisung unter Beweis gestellt, dass sie dazu nicht in der Lage waren.

Bridge bietet sich auch nicht unbedingt als Freizeitgestaltung an, da ich gehört habe, dass dies doch eine gewisse Intelligenz voraus setzt. Nähere Erläuterungen erübrigen sich sicher.

Also, was die oben erwähnten Herren betrifft, so wird das neue Jahr in dieser Hinsicht nicht unbedingt Verbesserungen mit sich bringen. Oder doch?

Aber die Sonne scheint. Habe ich das schon erwähnt? Das sollte pessimistischen Gedanken und Vorhersagen das Bedrückende nehmen.

Was sagt der Volksmund: Versuch macht kluch. Also werde ich mir eine Liste mit positiven Vorhaben für den heutigen Tag aufschreiben und so versuchen die schlimmen Dinge dieser Welt in den Hintergrund zu drängen.

a. Eine Kerze zum Frühstück anzünden (nicht vergessen sie wieder auszumachen)
b. Meine Freundin anrufen (oder doch nicht, sie erzählt so viel von ihren Rücken-Hüft- Kopfschmerzen)
c. Mir einen Blumenstrauß kaufen (ach nein, das geht nicht, heute ist Feiertag)
d. Das wunderbare Marzipan, natürlich Niederegger, von Weihnachten ist noch da, mmhh (und dann wieder von den Pfunden runter kommen?)
e. Spazierengehen (im Radio sagen sie gerade, dass Regen und Sturm im Anzug sind, also ade Sonne)

Es wird ja wohl auch Vorhaben geben ohne Bedenken auszulösen. Da denke ich noch immer positiv.

Januar

Bisher hat sich mein Leben so gestaltet wie ein durchschnittliches Frauenleben ebenso abläuft, sich fortwährend entwickelt, abschnittsweise, ein Teil aus dem anderen.

Schule, Berufsausbildung, Partnerfindung, Heirat, Kinder, Familienleben, daneben Berufstätigkeit, Kinder aus dem Haus. Alles schön eines nach dem anderen oder auch einiges parallel, wie man das eben so lebt.

Bis hierhin habe ich es geschafft, alles ist „Gewesenes", ist nicht mehr im Vordergrund. Nun ist ein wichtiger Teil meines Erdendaseins vorbei.

Ab jetzt geht es ums Überleben!

Wie werde ich ohne Herzinfarkt, ohne Diabetes, ohne Krebs, ohne Alzheimer, ohne Schlaganfall alt? Was muss ich beachten um möglichst unbeschadet ans Ziel zu kommen? Naja, das Ziel ist natürlich nicht wirklich das Ziel, denn das Ende ist bekannt aber kann im eigentlichen Sinne nicht das von mir gewählte Ziel sein.

Was ist also das Ziel? Ich will es einmal so ausdrücken, es ist das Überleben an sich. Wie man so schön sagt, der Weg ist das Ziel. Ist das ausreichend oder zu wenig für das Leben nach der Berufstätigkeit?

Bis jetzt bestand mein Leben aus Etappen mit kleinen Zwischenzielen. Jetzt, mit der letzten Etappe, kommen nur noch Höhepunkte oder ggf. auch Tiefschläge. Wenn ich es nüchtern betrachte, kann auch der letzte Lebensabschnitt durchaus noch weiterführende Unterteilungen bekommen, kleinere Wohnung, Altenheim. Aber diesen Möglichkeiten will ich meine Gedanken nicht zuwenden. Ich finde sie zu unschön um darüber zu philosophieren oder ihnen vorzuhängen (im Gegenteil zum Nachhängen).

Runde oder halbrunde Geburtstage und Familienjubiläen, Reisen, Bücher, Treffen im Café, Unternehmungen mit den Enkeln, den Hund ausführen, Spaziergänge, Radtouren, Kinobesuche, Theater und Konzerte. Dies sind alles kleine Höhepunkte, wenn man sie denn zu genießen weiß.

Tiefschläge möchte ich nicht aufzählen, die kommen ungefragt, die Höhepunkte müssen meist geplant werden, wenn man mal von schönen Sonnenauf- und Untergängen absieht.

Also konzentriere ich mich bei meinen Plänen und Überlegungen einmal auf die aktiven Dinge und lass mich nicht von den unvermeidlichen passiven Überraschungen ins Bockshorn jagen.

Gute Nacht!

Guten Morgen.

Was sind also die aktiven Dinge eines älter werdenden Menschen, der gut und mit Freude überleben möchte?

Na klar, neben körperlicher Fitness ist es die geistige Fitness. Wer das nicht verstanden hat muss ein Eremit sein. Das lese ich zumindest in Zeitschriften, sehe ich im Fernsehen, höre ich im Radio und erfahre ich aus der Rentnerbravo, von der wir nun auch wissen, dass sie von der Pharmaindustrie finanziert wird. Sind wir verblüfft, dass man hier wieder einmal ein Süppchen auf Kosten einer älter werdenden Generation kochen will? Wir sind doch durch das Leben klug geworden und nicht mehr so naiv wie mit 20.

Aber vielleicht ist das auch unser Beitrag um die Wirtschaft anzukurbeln und die jüngeren Mitbürger, die unsere Renten und Pensionen erwirtschaften müssen, in Lohn und Brot zu halten, indem Bedürfnisse bei uns geweckt werden, die wir erfüllen sollen oder wollen. Wäre unsere Generation weiterhin so genügsam wie sie von der Erziehung her ist, dann würde es nicht die Nachfrage nach so vielen Medikamenten, Lebensmittelergänzungsmitteln uvm. geben. Soweit zu dem vielgelesenen Apothekersprachrohr.

Aber kommen wir zu den Kernaktivitäten zurück, die unabdingbar für mich zu sein scheinen. Ich bin natürlich in einer Frauensportgruppe. Der Altersdurchschnitt in dieser Gruppe ist mit den Jahren stark gewachsen. Wir haben mit unter 50 angefangen und sind nun recht hoch geklettert, alle miteinander. Wenn ich da so an meine Großmutter denke, Jahrgang 1876 (ja, in meiner Familie wurde in den letzten zwei Generationen spät geheiratet), die mit 86 starb, ist diese heutige Wirklichkeit schon erstaunlich. Nie im Leben wäre meine Oma im Alter von 70 Jahren auf die Idee gekommen irgendwelche sportlichen Aktivitäten auszuführen. Allerdings war sie auch als jüngere Frau keine Anhängerin von Turnvater Jahn. Nur gelaufen ist sie viel, das hat sie schlank und fit gehalten. Allerdings, im Vergleich zu unserer heutigen 3. Jugend, war sie schon recht alt in Aussehen und Verhalten.

Wir denken also, dass heutzutage ältere Menschen, und ich definiere hier mal ab 70, von der Fitness her jünger sind als früher. Ein Test des NDR hat in der Sendung „Plitsch", „Wie alt sind Sie wirklich" Erstaunliches heraus gefunden. Die Menschen, die hier getestet wurden, waren vorwiegend topfit für ihr Alter, ihr biologisches Alter war trotzdem mehrheitlich höher als ihr tatsächliches Alter. Ich kenne die angewandten Rahmenbedingungen nicht aber es handelte sich um eine wissenschaftliche Untersuchung, da sollten die Ergebnisse wohl eine gewisse Allgemeingültigkeit aufweisen. Normale „Abnutzung und Verschleiß" sind hier Faktoren. Da gibt es nichts zu tricksen, die Gene spielen die Hauptrolle. Schade! Die andere Option wäre das Skalpell aber davon bin ich nun gar nicht überzeugt. Als gruselige Maske möchte ich nicht leben.

Trotzdem werde ich natürlich bei meinem täglichen Fitnessprogramm bleiben. Dies gibt mir zumindest das Gefühl etwas für mich und meinen welkenden Körper und gegen meinen zunehmend löchriger werdenden Geist zu tun.

Und natürlich werde ich auf meine Ernährung achten. Aber das habe ich schon immer getan. Selbstverständlich wenig Fett und Zucker. Allerdings brauche ich zum Überleben mein nachmittägliches Stück Kuchen. Es dürfen auch gerne mal zwei Stücke sein und etwas Sahne verdoppelt den Genuss. Das ist mein Alkohol, sind meine Zigarette, meine Bratwurst, sind meine Pommes.

Und dann das Thema trinken, trinken, trinken im Alter. Das ist ein Thema für sich.

Januar

Vor 35-40 Jahren fing es an, dass man gefragt wurde: Trinkst du auch genug?

Seit dem plagen wir uns, wenn wir uns denn nach den von Fachleuten angegebenen Vorgaben richten, mit Trinkmengen von 2-3 Litern täglich herum.

Kinder machen seit dem von Geburt an bis ins Erwachsenenalter keinen außerhäuslichen Schritt ohne Trinkflasche. Warum eigentlich?

Meine Antwort: Weil wir immer von Wissenschaftlern herausgefundenen Erkenntnissen folgen müssen. Dies ist für mich ein zwanghaftes Verhalten, weil wir alles richtig machen wollen. Wo bleibt da der gesunde Menschenverstand?

Warum muss jedes Kind, jeder Mensch jederzeit Zugriff zu Essen und Trinken haben, sind wir am Verhungern oder am Verdursten? Das führt dann dazu, dass wir Menschen auch generell immer alles zur Verfügung haben müssen und das bitte sofort, wenn unser Bedürfnis danach verlangt.

Die Toilettenrennerei in den Grundschulen ist nichts gegen das, was junge Erwachsene in den weiterführenden Schulen machen. Nicht wenige von ihnen haben ihre Flasche vor sich im Klassenraum stehen, oft mit Saugöffnung, als wären sie noch nicht entwöhnt worden. Die Flascheninhalte bestehen nicht etwa aus Wasser oder Fruchtsäften, nein, Eiweißgetränke und künstliche Kraftspender müssen es sein. Warum? Weil es angesagt ist, weil alle es machen und weil es aus unerfindlichen Gründen soooo gut und soooo cool ist. Sicher ist, dass irgendwer schon einen Vorteil davon haben wird, zumindest der Hersteller.

Und was oben reingenuckelt wird, auch währen des Unterrichts, muss logischerweise unten wieder raus. Da geht die Klassenzimmertür immer auf und zu und manche Lehrkraft hat ein Tuch von beiden Seiten um die Klinken gebunden um nicht immer während des Unterrichts gestört zu werden.

Die Saugkraft von Inkontinenzwindeln ist erstaunlich hoch, vielleicht wäre das eine Lösung. Schnuller und Windeln, das passt zusammen.

Ich will nicht gemein sein. Erstens gibt es sicher genügend Menschen, die nicht in diese Falle gehen und zweitens können diese Kinder und Jugendlichen nichts für ihre Erziehung. Es ist ihnen einfach von Klein an anerzogen und angewöhnt worden.

„Möchtest du etwas trinken?", „Hast du schon getrunken?", „Hast du deine Flasche dabei und ist sie gefüllt?" Die Jüngeren machen das Trinken schon automatisch.

Aber wir Alten? Ach, immer muss man uns erinnern! Die Ärzte, die Familie, die Werbung, alle halten uns zum Trinken an, denn es passieren schlimme Dinge, wenn man keine 2-3 Liter am Tag trinkt. Wahrscheinlich werden wir heute älter, weil wir mehr trinken.

Dabei ist bekannt, dass auch in der festen Nahrung ein großer Teil Flüssigkeit enthalten ist. Selbstverständlich gehört Flüssigkeit zur Ernährung aber die Menge ist sicher von Mensch zu Mensch variabel, meine unmaßgebliche Meinung, ganz ohne wissenschaftliche Untermauerung.

„Haben wir heute schon genügend getrunken?" Frage im Plural, obwohl die Einzahl gemeint ist. Natürlich müssen alte Menschen erinnert werden, wenn ihr natürliches Durstgefühl nicht mehr richtig funktioniert. Aber sie müssen an Vieles erinnert werden, nicht nur ans Trinken, wenn ihr Gedächtnis nachlässt.

Ich werde es weiterhin so halten, wie ich es schon immer getan habe. Ich trinke, wenn ich Durst habe und genauso, wie ich auf die Qualität und Quantität bei meiner Ernährung achte, so mache ich es auch bei meinem Trinkverhalten.

So halte ich es mit meiner Flüssigkeitszufuhr, anders als meine Schwiegermutter, die den Bier- und Weinkonsum in ihrer Familie damit erklärte, dass „wir nun einmal die Leber auf der Sonnenseite haben". Was auch immer sie damit meinte.

Februar

Bisher habe ich mir Gedanken um mein körperliches Überleben gemacht. Aber ich will natürlich keine körperlich fitte aber ansonsten vertrottelte Alte werden.

Da gibt es natürlich die Klassiker Sudoku und Kreuzworträtsel. Aber mal ehrlich, Sudokus bewegen sich im Zehnerbereich. Eigentlich sogar nur von 1-9. Diese Kategorie hatte ich eigentlich in der Grundschule 2. Klasse schon gemeistert. Ist das Ausfüllen von Sudokus ein Rückschritt in meinem Leben oder Prävention nicht so leicht in dieses Alter zurück zu fallen, frage ich mich. Ich fröne dieser Freizeitbeschäftigung ohne die Antwort zu kennen und schäme mich nicht einmal.

Und Kreuzworträtsel? Sie sind ein wunderbarer Begleiter bei langweiligen Fernsehprogrammen und auch andere Lückenfüller. Naja, alles soll mir recht sein, was meinen Kopf aktiviert, natürlich.

Ach, Lesen habe ich vergessen. Lesen bildet, sagt man. Dem kann ich ohne Einschränkung zustimmen, obwohl es auch Lesestoff gibt der eher in die andere Richtung geht und entbildet.

Aber was mir am wichtigsten ist, ist Kontakt zu und mit andern Menschen. Gespräche und zwar die, in denen man sich tatsächlich real ansehen kann, gemeinsame Unternehmungen, das alles ist für mich wichtig. Natürlich sind Dialoge wie diese:

„Ich habe dich nicht verstanden. Kannst du mal lauter sprechen. Ich glaube, du sprichst extra leise."

„Nie verstehst du mich, du verstehst mich sowieso nicht."

oder

„Was machen wir heute? Wollen wir spazieren gehen, wollen wir jemanden besuchen oder einladen? Oder hast du eine andere Idee?"

„Immer musst du etwas machen. Ich habe gar keine Zeit." usw., usw.

nicht gemeint, sondern oft mehr frustrierend als förderlich für das Allgemeinbefinden. Aber sie regen die Gesprächspartner immerhin auf oder im besten Falle an und der Kreislauf kommt in Fahrt. Das ist auch richtig wichtig!

In diesem Sinne: Reibung ist besser als stummes Sitzen in der Sofaecke, ganz bestimmt. Aber noch viel besser ist ein mehr harmonisches Miteinander, auch in Gesprächen.

Wer braucht schon menschliche Isolation, Einsamkeit und das stumme Warten auf das unvermeidbare Ende?

Februar

Da wir schon einmal bei den kognitiven Fähigkeiten sind…… Es gibt ein Problem, über das alle älter werdenden Menschen klagen (außer natürlich Helmuth Schmidt und ähnliche Größen. Aber vielleicht hatten die nur eine besser funktionierende Trickkiste, die sie meisterhaft beherrschten…).

Ich meine natürlich die zunehmende Vergesslichkeit.

„Meine Güte, da gehe ich in die Küche und habe total vergessen, was ich da eigentlich wollte."

„Alles muss ich aufschreiben, sonst vergesse ich die Hälfte."

„Wenn ich jemandem auf der Straße begegne fällt mir oft partout nicht der Name ein."

Und da hilft es auch nicht, wenn jüngere Zeitgenossen bemerken: Ach, das passiert mir auch oft.

Nachdem ich eine solche Situation mit einem Lächeln und Kopfnicken überspielt habe fällt mir natürlich der Name ein, sobald ich weiter gegangen bin. Ich könnte nun ja hinter der Person herrufen:

„Mensch Henning, wie geht's? Was macht Gisela (seine Frau), ist Sebastian (sein Enkel) mit dem Studium fertig? Und wie geht es dir nach dem Herzinfarkt?"

Denn inzwischen sind mir all diese Einzelheiten wieder eingefallen. Aber die Blöße kann ich mir nicht geben. Da wird Henning dann sicher nachher zu Gisela sagen:

„Ich habe vorhin, ach, wie heißt sie noch? getroffen. Die hat sich aber komisch verhalten."

Dumm gelaufen für uns beide. Dabei hätten wir so schön einen kleinen Plausch halten können.

Nach Feststellung der Tatsache Vergesslichkeit geht die Suche nach Vermeidung oder Kompensationsmöglichkeiten dieser Schwäche los.

Also, ich gehe das Problem oft folgendermaßen an: Ich gehe das Alphabet im Kopf durch. Es funktioniert so, dass ich in 50% der Fälle nach einem Durchgang von A-Z fündig werde. Weitere 20% bringen Erhellung bei wiederholten mentalen Durchgängen des ABC und der Rest wird meist zukunftsnah gelöst. Das ist eine Trefferquote von sagen wir einmal 80% innerhalb der ersten 5 Minuten. Das finde ich nicht so schlecht, ist aber eindeutig eine unbrauchbare Methode während eines Gesprächs.

„Gestern habe ich, äh, wie heißt sie noch mal……?"

„Von wem sprichst du?"

„Du weißt doch, die…………… Warte mal eben, es fällt mir gleich wieder ein."

5 Minuten Pause. Alphabet durchgehen.

„Ich meine natürlich Barbara."

„Ach so."

Inzwischen hat sich der Gesprächspartner andern Dingen zugewandt.

Seit einigen Jahren gibt es Gedächtnistrainingsveranstaltungen (schon das Schreiben dieses Wortes setzt eine gewisse Hirnfunktion voraus). Mögen sie helfen! Zumindest könnte die soziale Komponente hier eine positive Wirkung haben.

Was bleibt mir also anderes übrig als mir kleine Eselsbrücken zu bilden, so viele Kontakte wie möglich mit allen Altersgruppen meiner Spezies zu pflegen und ansonsten dem Schicksal ins Auge zu sehen.

Da hilft mir der Trost meines Neffen "das geht mir nicht anders als dir" kaum, nicht zuletzt weil ich weiß, dass es nicht ganz der Wahrheit entspricht.

Februar

Hat eigentlich schon einmal jemand bedacht, wie schwer es für Eltern sein kann ihre Kinder loszulassen? Es geht in der Psychologie immer um schwere Kindheiten, weniger um die Traumata der armen Eltern, wenn die Kinder sie nach der Kindheit verlassen. Knapp 20 Jahre hatte ich mich an sie gewöhnt, sie sind ein großer Teil von mir gewesen, haben vieles in meinem Leben geprägt und bestimmt.

Und dann gehen sie in die Welt hinaus und lassen mich zurück. Ich bin nur noch ein kleiner Teil von ihnen, aber sie bleiben ein großer Teil von mir.

In der Tierwelt ist es noch eindeutiger, wenn die Jungen flügge werden und die Eltern verlassen, erkennen sie ihre Eltern nach längerer Zeit nicht einmal mehr. Die Natur kann da sehr gewöhnungsbedürftig sein für die Zurückgelassenen. Vielleicht auch für die Reisenden? Zumindest ich, als Krönung der Schöpfung mit einem großen Erinnerungsvermögen, habe da meine Verlustgefühle.

Ich beneide die Eltern, deren Kinder um die Ecke wohnen, die ein ungetrübtes Miteinander verbindet, die einen gemeinsamen Gedankenaustausch haben, die sich auch weiterhin gut kennen und gegenseitig am Leben teilhaben.

Ich weiß natürlich, dass dies pures Wunschdenken von mir ist. Auch die Eltern, deren Kinder in der Nähe wohnen, verbindet oft mehr Trennendes als Gemeinsames.

Aber immer einmal wieder höre ich von den Ausnahmen. Von Eltern, die ihr Haus auf demselben Grundstück haben wie ihre Kinder, die die Enkel aufwachsen sehen und bei Bedarf bei der Betreuung einspringen können. Von Eltern deren Kinder zu bestimmten Anlässen regelmäßig den Weg nach

Hause finden. Traumhafte Vorstellungen für mich aber leider nicht sehr realistisch für die Mehrheit der Familien.

Vielleicht habe ich meinen Kindern nicht genügend Geborgenheit und Aufmerksamkeit gegeben. Mehr davon hätten sie vielleicht als Erwachsene vermisst und wären nicht so einfach ausgezogen.

Aber das wäre natürlich auch der total falsche Weg gewesen. Ich wollte keine Nesthocker, sie sollten ihren eignen Weg finden. Und das haben sie natürlich getan.

Und nun habe ich die Bescherung.

Februar

Damit To-Do-Listen zu schreiben habe ich schon vor vielen Jahren begonnen.

Wie es dazu kam erinnere ich nicht mehr, es ist schon so lange her und ich habe mich daran gewöhnt sie zu verfassen und abzuarbeiten.

Erst waren es einfach nur Gedächtnishilfen, damit ich keine wichtigen Dinge vergaß. Inzwischen ist es zu einer Notwendigkeit für mich geworden, fast schon zu einer Obsession. Das hat verschiedene Gründe. Erst einmal ist es, wie schon erwähnt, eine Gedächtnishilfe. Inzwischen ist aber etwas anderes in den Vordergrund getreten.

Es macht mir ungeheuren Spaß erledigte Tätigkeiten dick und fett durchzustreichen, als erledigt abzuhaken. Es ist ein wunderbares Gefühl den Kuli zwischen die Finger zu nehmen und unübersehbar deutlich abgearbeitete Dinge auszukreuzen, sichtbar als getan zu markieren. Dabei spielt es eine untergeordnete Rolle wie wichtig oder zeitaufwendig die Tätigkeit war. Wichtig ist erledigt, abgetan, aus dem Blick, aus dem Kopf.

Und es ist ein erhebendes Gefühl, wenn es mehr erledigte Dinge auf meiner täglichen To-Do-Liste gibt als solche, die noch auf Erledigung warten. Einfach schön, ich habe heute etwas vollbracht, mag es auch noch so klein und profan gewesen sein.

Auch das Erstellen der Listen ist eine wichtige Tat und deren Bedeutung wird für mich wohl noch zunehmen. Denn wenn ich eine Liste habe, weiß ich, dass ich noch etwas machen muss, zu tun habe. Das gibt mir eine gewisse Bedeutung, auch wenn sich das etwas lächerlich anhört. Aber mir ist das wichtig.

Ich schreibe diese Listen immer für eine Woche im Voraus, für jeden Tag eine mit so viel Platz wie nötig um sie jederzeit ergänzen zu können. Dabei wiederholt sich vieles, wie ich zugeben muss, was ich eigentlich auch ohne die Liste erinnern würde. Vielleicht aber auch nicht, sicher ist sicher. Ich schreibe oben darüber den Wochentag, bisher ohne Datum. Vielleicht ergänze ich später noch das Datum, wenn ich anfangen sollte die Listen zu vertüddeln. Vorsorglich passe ich aber immer auf, dass die Liste spätestens am folgenden Tag entsorgt wird, damit sie nicht in der darauffolgenden Woche am vorbezeichneten Wochentag wieder auftaucht und abgearbeitet werden will, obwohl sie doch schon in der vorhergehenden Woche erledigt wurde. Wenn das irgendwann einmal passieren sollte, muss ich auf ein anderes System übergehen. Aber noch bin ich sehr zufrieden mit meiner Vorgehensweise, insbesondere am Abend eines jeden Tages, wenn ich einmal wieder konstatieren kann, alles ausgekreuzt, abgearbeitet, vollendet.

Es lebe die To-Do-Liste, sie gibt meinem Sein Rückgrat, (naja, so ein bisschen jedenfalls).

Februar

Neben dem Wetter ist das Fernsehprogramm auch Quell ewiger Beschwerden. Ich kenne niemanden, der so richtig zufrieden ist mit den Angeboten.

Also macht man täglich Kompromisse, nicht nur mit dem zur Verfügung stehenden Programm. Dies ist für Singles ja noch recht einfach umzusetzen, für Paare oder Familien bleibt meist zumindest einer der Zuschauer auf der Strecke. Oder man „sieht getrennt", was die gemeinsame Zeit wieder kräftig reduziert.

Natürlich gibt es die Option den Bildschirm einfach dunkel zu lassen, wenn das Programm nicht zusagt und zu lesen, reden, ins Kino oder ins Konzert zu gehen, gemeinsam zu spielen………. Es gäbe viele Möglichkeiten.

Bei mir ist es so, dass der Fernseher tagsüber ignoriert wird aber abends möchte ich mich einfach aufs Sofa lümmeln und unterhalten werden. Also lese ich die Programmzeitschrift und entscheide mich zu einem Kompromiss mit mir selbst. Oft ist es ein Kompromiss, seltener aktives Entscheiden für eine bestimmte Sendung. Die privaten Sender fallen weg, da deren Blödheiten in den Werbepausen für mich schlicht nicht zu ertragen sind. So viele Pinkelpausen oder Pausen zum Aufstocken der Knabbersachen, die ich sowieso nicht benötige, sind einfach nicht erforderlich. Und dieser Reklamemist verlängert die einzelne Sendung um ein Maß, das mich abschreckt diese einzuschalten. Obwohl mir durch diese grundsätzliche Einschränkung viele Filme, die ich gerne sehen würde, entgehen. Ja, ich weiß, es gibt DVD- Player oder wie auch immer die momentane Version der Filmkonserve heißt und in spätestens einem Jahr eine Nachfolgeversion…

Aber ich bin sowohl etwas altmodisch als auch nicht willens mich immer wieder mit neuen Geräten auszurüsten und sie dann auch noch bedienen zu müssen. Es gibt viele digitale Erfindungen, mit denen ich mich auseinandersetzte, ich will ja nicht komplett abgehängt werden, aber ich ziehe eindeutige rote Linien da, wo ich zu viel Zeit investieren müsste um mit dem vorliegenden Gerät kompatibel zu werden. Wie groß wäre mein Nutzen, wie lange benötige ich um den Nutzen umsetzen zu können. Und wieviel klingende Münze oder PayPal Geld soll ich dafür anlegen. Ich gebe zu, die Entscheidungen sind sehr persönlich und nicht immer logisch nachvollziehbar. Aber das macht nichts. Es sind eben meine Kriterien.

Da die Fernsehprogrammgestalter (die deutsche Sprache hat es in sich!) offenbar gerne Familienstreitigkeiten hervorrufen möchten oder den Zweit- bis Drittfernseher in jedem Haushalt propagieren, gibt es natürlich Programme, die auf Frauen zielen und welche, die auf Männer ausgerichtet sind. Auch die kleinen und größeren Kinder haben ein eigens auf sie zugeschnittenes Programm und natürlich auch die Jugendlichen, die durchschnittlich sehr viel tougher zu sein scheinen als wir Alten, werden speziell bedacht. Die schalten sicher erst ein, wenn die Bemerkung spätabends auftaucht: Nicht geeignet für Jugendliche unter 16.

Wir sehen, die Sender sind da ganz selbstlos, es wird für jeden gesorgt, vielleicht nicht das, was jede Konsumentengruppe tatsächlich möchte aber das, was die Planer sich so denken. Bei mir haben sie Glück, ich liege da ganz im Trend und da ich eine Frau bin folge ich da den Programmanbietern mit ihren Frauenprogrammangeboten, zumindest teilweise.

Da sind z.B. die Möglichkeiten sonntags mit Filmen aus Südengland und Schweden. Und obwohl die Tendenz vieler Frauen zum Einschalten dieser Filme geht, ist es ihnen auch wieder peinlich.

„Ich sehe mir das nur der Landschaft wegen an, das ist so schöööön. Aber die Geschichten interessieren mich nicht." Dies mit einem leichten Abscheu in der Stimme.

Immer dieselben Statements. Und die Behauptung, die ich einmal hörte, „ich stelle den Ton aus" glaube ich nur bedingt. Dabei bin ich überzeugt davon, dass hier das Harmoniebedürfnis vieler Frauen angesprochen wird und das funktioniert nur mit Bild und Ton und nicht nur durch landschaftliche Idyllen. Aber natürlich, jeder so wie er möchte.

Also, ich stehe zu meinem seichten Geschmack mir simple Geschichten anzusehen, in denen man die Dialoge mitsprechen kann, weil sie so vorhersehbar sind. Nebenbei kann man gut und gern Kreuzworträtsel lösen und hat später in der Nacht keine Alpträume, wie oft nach einem „Tatort" oder nach einem anderen Krimi, wo Dinge im Detail gezeigt werden, die zumindest ich nicht wissen und schon gar nicht sehen und hören möchte. Die Mimi mit dem Krimi war noch nie mein Vorbild insbesondere, da es bild- und tonmäßig immer gruseliger auf dem Bildschirm zugehen muss. Das nenne ich Feigheit aber eine die mich schützt.

Was ich allerdings bedenklich finde ist die Tatsache, dass diese Filme, die Frauen ansprechen sollen, seit einiger Zeit „Herzkino" genannt werden. Da fühle ich mich denn doch enorm diskriminiert. Zum Glück kann niemand in mein Wohnzimmer sehen und beobachten, was ich einschalte.

Und ich kann natürlich immer behaupten „ich sehe das nur wegen der schönen Landschaftsbilder." Glaubt ja doch niemand.

Februar

Nun hat es mich auch erwischt. Ich kenne mich eigentlich als immer gesund und darauf bin ich auch ein bisschen stolz, obwohl ich weiß, dass das nicht mein Verdienst ist.

Es fing damit an, dass mir alle Knochen und Gelenke wehtaten. Das hat mich anfänglich etwas verblüfft und ich konnte es nicht einordnen. Dann kamen Kopfschmerzen, Husten und Fieber dazu. Beim Einschalten des Radios wurde dann meine Diagnose bestätigt: Grippe. Also auch da lag ich einmal wieder im Trend.

6 Todesfälle seien schon zu beklagen und vermehrt seien Kranke ins Krankenhaus eingeliefert worden mit Herzproblemen als Grippefolgen. Dabei darf man natürlich nicht vergessen, dass meist geschwächte Menschen oder solche mit einer Herzvorgeschichte betroffen sind. Aber die hätte vielleicht auch ein kräftiger Windsturm umgeweht, tröstete ich mich. Und mein Herz schlägt bisher noch fehlerfrei.

Folgendes sagte der Radiosprecher auch noch, nämlich, dass im diesjährigen Impfstoff die momentan grassierende Grippe nicht abgedeckt sei. Das hat mir gleich Munition geliefert, mich bei meinen Freunden rechtfertigen zu können.

„Ach, du Ärmste, hast du dich denn nicht impfen lassen? Das mache ich jedes Jahr. Wird auch immer empfohlen, besonders in unserem Alter."

Da war es einmal wieder, unser Alter.

„Ne, habe ich nicht. Und das Serum enthält in diesem Jahr auch keinen Impfstoff gegen das, was da im Moment im Umlauf ist."

„Wenn du meinst. Also, ich mache das immer und setze mich keinem Risiko aus."

Naja, vielleicht hätte ich es tun sollen, aber ehrlich, wenn die Trefferquote des richtigen Impfstoffes so unbestimmt ist….. ich weiß nicht, wo dann der Sinn in einer Impfung liegen soll. Und eine Grippe wird schon nicht mein unseliges Ende sein, denke ich vor mich hin, in Abwägung der Optionen. Da muss ich einfach durch.

Aber nächstes Jahr sollte ich mir vielleicht doch lieber den kleinen Picks versetzten lassen, beschließe ich wankelmütig, als ich mir, wie jetzt, die Lunge aus dem Hals huste. Und auf all die kulinarischen Köstlichkeiten dieser Welt verzichten zu müssen, weil mein Appetit mich im Stich lässt.

Und die Bäume, die ich sonst ausreißen würde, haben, zumindest im Moment eindeutig eine größere Lebenserwartung als ich, wenn das so weiter geht mit mir.

Es kann natürlich nicht sein, dass ich mich solchen destruktiven Gedanken hingebe. Und es wird auch schon wieder langsam besser. Das Fieber sinkt, die Kopfschmerzen geben nach (das wollte ich ihnen auch geraten haben!) und der Kuchen lächelt mich schon wieder verschmitzt an. Nur der Husten bleibt mir noch etwas erhalten. Nur, damit ich bloß nicht vergesse mich im nächsten Winter impfen zu lassen (oder auch nicht).

März

Da ich zu der Generation gehöre, für die die neuen Medien und technischen Errungenschaften viele Geheimnisse bergen, und eine mehr oder weniger leichte Abwehrhaltung bei mir hervorrufen, bin ich immer wieder verblüfft, mit welchem Selbstverständnis und mit welcher Bereitschaft für Neues die Enkelgeneration damit umgeht. Meine Altersgenossen und ich müssen uns langsam an das Neue herantasten oder es ggf. einfach ignorieren, während die Enkel in diese Welt hineinwachsen und sie zu ihrem Vorteil und ihrem persönlichen Gebrauch nutzen.

Mit Erstaunen aber muss ich sehen, dass das Medium Fernsehen von vielen jungen Menschen nicht mehr genutzt wird. Sie holen sich ihre Informationen und das, was wir Nachrichten nennen, aus dem Internet, meist über ihr Smartphone. Filme werden nach Bedarf heruntergeladen und am Tablet gesehen. Allerdings dürften das dann wohl mehrheitlich Solobetrachtungen sein oder sehen sie parallel auf ihrem jeweiligen Tablet dieselben Filme zusammen, wie bei den vor Jahrzehnten veranstalteten Netzwerkparties? Aber vielleicht gibt es diese Veranstaltungen heute auch noch, nur sicher mit weniger Aufwand. Vor 20 Jahren schleppte jeder seinen PC inclusive Monitor an (oder ließ sich mit seiner Ausrüstung von den Eltern befördern) und die Dinger wurden mit viel Kabellage miteinander verstöpselt. Heute hat jeder sein Tablet auf den Knien, vermute ich einmal. Aber vielleicht gibt es in Kürze auch schon wieder neue Formen dieser gemeinsamen Unternehmungen. Immerhin gemeinsam!!

Also konstatiere ich, der Fernseher ist am Aussterben, wenn auch noch nicht bei meiner aussterbenden Generation.

Um auf die durchs Internet erhaltenen Informationen zurück zu kommen: Ob der Enkelgeneration immer so klar ist, welchen Quellen sie ihre Informationen verdanken weiß ich nicht aber als Smartphone- oder Tabletbesitzer lässt sich zumindest manche Meinungsverschiedenheit auf der

Stelle lösen ohne den Brockhaus bemühen zu müssen. Es hat schon etwas, wenn bei aufkommenden Fragen die Smartphonebesitzer und hier natürlich nur die, die mit dem Ding auch optimal umgehen können, auf der Tastatur herumdrücken und dann mit der passenden Antwort aufwarten , die nicht zwangsläufig richtig sein muss, es aber sicher meist ist.

Ich weiß, es gibt auch genügend „Alte", die ihre Smartphones professionell beherrschen. Meine Arthrosefinger machen das nicht mehr mit, vielleicht ist es auch meine Engstirnigkeit oder meine Abwehrhaltung.

Was mich dabei besonders fasziniert (bei den Jungen) ist ihr Können mit beiden Daumen gleichzeitig hintereinander die Tastatur bedienen zu können. Wie machen sie das?

Ich habe kleine Hände und somit auch zartgliedrige Daumen und drücke bei meinen Versuchen laufend daneben. Da ist meine Feinmotorik irgendwo auf der Strecke geblieben. Sind die Daumen der jüngeren Generation mehr auf eine bestimmte Stelle im vorderen Teil ihrer Daumen trainiert? Ich muss mir das einmal ganz langsam vorführen lassen. Aber ich glaube mit dem langsamen Vorführen wird es nicht klappen. Das Tippen funktioniert sicher nur mit viel Tempo. Da kommen meine Augen nicht mit und mein Verstand noch weniger.

Wir Alten geben uns wirklich Mühe dem Neuen auf den Leib zu rücken und dessen Geheimnisse zu entlocken und sie für uns nutzbar zu machen. Und oft genug gelingt uns das auch, wenn wir die anfänglichen Ängste vor dem Unbekannten überwunden und bemerkt haben, dass uns die Dinger nicht um die Ohren fliegen wenn wir sie benutzen und evtl. eine falsche Taste drücken.

Aber wie lange ich persönlich den weiteren Entwicklungen noch folgen kann? Keine Ahnung. Aber vielleicht verlangsamt sich das Tempo der Innovationen in der Zukunft wieder, aus Recourcemangelgründen oder warum auch immer. Aber ich befürchte, das ist Wunschdenken meinerseits.

März

Zunehmend sehe ich beim Einkauf im Supermarkt Männer in meinem Alter.

Wenn ich die Männer kenne frage ich sie:

„Ach, machen Sie jetzt den Einkauf?"

„Ja, ich koche auch" kommt dann die stolze Antwort.

Ein weiteres „ach" ist meine Erwiderung.

Männer, die ich nicht kenne, frage ich nicht. Vielleicht sollte ich es tun, um meine Theorie besser untermauern zu können. Ich wage trotzdem den Versuch einer Erklärung.

Ich gehöre zu der Generation, in der der erste Wandel stattfand, in dem Frauen etwas freier über Berufstätigkeit oder „nur" Hausfrauenleben nachdachten und nachdenken durften. Allerdings auch nur bedingt. Diese überholten gesellschaftlichen Normen sind immer noch nicht ganz aufgelöst, dieses Thema betreffend.

Aber die Hausarbeit blieb meist, trotz Berufstätigkeit, an den Frauen hängen. Ich befürchte, da hat sich auch heute noch nichts Grundlegendes geändert.

„Wir können nun einmal keine Kinder bekommen" war die Rechtfertigung für diese praktische Arbeitsteilung. Klappte ja meist auch zufriedenstellend für ca. 50% der Bevölkerung.

Diese Männergeneration geht jetzt in Rente oder ist es schon. Jetzt, da die Hausarbeit sich insgesamt reduziert hat (Kinder aus dem Haus, nur noch für 2 Personen waschen, kochen, einkaufen, sauber machen usw.) überdenken die Herren die Situation oder ihre Partnerinnen fordern endlich mehr Mithilfe ein. Ich tendiere zu der ersten Annahme. Allerdings zu viel Altruismus sollte man von Individuen nicht erwarten, egal welchen Geschlechtes.

Nun kommt die alles entscheidende Frage, was macht Mann im Haushalt? Bei der bestehenden Auswahl ist es nicht verwunderlich, dass es die Sache sein wird mit dem höchsten Spaßfaktor. Und das scheint das Kochen zu sein. Kein Kindergemecker mehr über das Essen, sondern eine hoffentlich dankbare Frau, die endlich diese unliebsame Last loswerden kann.

Und den Einkauf übernehmen viele Männer als Konsequenz daraus auch gerne. So wird das an Lebensmitteln gekauft, was für das Kochen benötigt wird. Macht anders ja auch keinen Sinn, merken auch die Hobbyköche. Und man trifft den Einen oder die Andere zu einem kleinen Schnack.

Ich möchte hier nicht falsch verstanden werden. Wie Paare ihre Lebenseinteilung entscheiden ist ganz allein deren Sache. Aber die Voraussetzung sollte immer die sein, dass gleichberechtigt entschieden wird. Das war selten genug der Fall in meiner Generation. Bis 1977 benötigte eine Ehefrau in Deutschland die Zustimmung ihres Ehemannes, wenn sie berufstätig werden wollte. Eine Wahrheit, die jüngere Frauen sich heute sicher nicht mehr vorstellen können. Warum sollten sie auch, es war abwegig und absurd, wie Vieles mehr in früheren Zeiten.

Heute hat sich glücklicherweise die Gesetzeslage so sehr geändert, dass eine Frau es sich, bei Licht betrachtet, gar nicht mehr leisten kann n i c h t berufstätig zu sein, weil sie sich sonst im Fall der Fälle mit einer Minirente im Alter wiederfindet.

Und dass Männer meiner Generation überhaupt Hausarbeit übernehmen, noch dazu einige von ihnen Paschas der alten Schule, ist schon eine klitzekleine Verbesserung an sich. Es ist ja auch eine blöde Situation zu Hause der Frau bei der Hausarbeit zuzusehen und sich ansonsten zu langweilen. Diesen Männern kann geholfen werden, bzw. sie helfen sich selbst, indem sie das machen, was ihnen am meisten Freude bereitet und möglichst wenig an ihrem männlichen Image kratzt.

Jeder hat schon einmal von exzellenten Köchen (männlich) gehört. Aber kennen Sie einen 4 Sterne Fensterputzer oder Staubsauger (zweibeinig) oder Wäschewäscher oder Bügler oder Staubwischer? Sehen Sie!

Lob gibt es für ein schmackhaftes Essen aber wohl kaum für geputzte Fenster oder einen entstaubten Wohnzimmerschrank.

Nun wissen Sie warum es so ist wie es ist, die löblichen Ausnahmen mal nicht erwähnt.

Veränderungen finden eben extrem langsam statt. Aber nicht aufgeben, es gibt Lichtblicke.

Ich bin ein durch und durch realistisch denkender Mensch, der alles Übersinnliche und nicht rational Erklärbare belächelt.

Da wird an heilende Strömungen geglaubt, die sogar auf große Entfernungen wirken sollen, an helfenden Magnetismus, Schutzengel, heilende Steine und so vieles mehr.

Meine Reaktion ist immer die gleiche. Glaubt ihr nur was ihr wollt, für mich erschließt sich das nicht. Ich bin schließlich ein toleranter Mensch.

Aber kann mir jemand exakt erklären, wie Radio, Fernsehen, PCs, Smartphones, kabelloses Telefon funktionieren? Ich meine wirklich nachvollziehbar erklären, wie es sein kann, dass ich mit meinem Sohn in den USA über WhatsApp zeitgleich telefonieren und ihn auch noch auf dem Minibildschirm sehen kann?

Wenn ich daran denke, was nach dürftigen Erklärungen so alles an elektronischen Impulsen um mich herum fliegt, dann wird mir ganz plümerant.

Da kommt mir schon der Gedanke warum all die übersinnlichen Schwingungen nicht auch funktionieren sollten. Die Ergebnisse sind vielleicht nicht reproduzierbar aber müssen sie deswegen falsch sein? Ich verstehe die ganze digitale Technik auch nicht und vielleicht ist dies auch genau das Problem beim Nichtverstehen der Übersinnlichkeit.

Mein kleines Gehirn kann das alles weder erfassen noch verstehen, allerdings manchmal anwenden. Und genau das machen die Menschen auch, die an alternative, nicht wissenschaftlich erklärbare Dinge glauben. Sie wenden die Dinge an und glauben fest an ein bestimmtes Ergebnis. Dazu bin ich leider nicht geeignet. Und „leider" ist hier das richtige Wort, denn vielleicht verpasse ich dadurch wichtige heilende oder mein Leben verändernde Dinge.

Da war es doch schön einfach das simple Funktionsprinzip eines Kühlschranks oder Telefons über das stöpselnde Fräulein vom Amt zu verstehen, wie es uns im Physikunterricht erklärt wurde. Oder das Wesen eines Elektromotors, das habe ich verstanden, zumindest damals in der Schule.

Das alles habe ich nachvollziehen können, die Fortschritte heute sind außerhalb meiner Verständnisebene. Vieles ist auf der Überholspur an mir vorbei gezogen und hat mich überfordert zurückgelassen.

Ich beschränke mich auf Staunen und Toleranz.

Eigentlich bin ich kein Kinogänger, ich sollte besser sagen: war ich kein Kinogänger.

Denn seit ich ein kleines, nettes Kino um die Ecke habe statte ich dieser Einrichtung gerne einmal einen Besuch ab. Zeichentrickfilme und Sciencefiction sind eindeutig nicht meine Sache. Es darf gerne etwas Schönes, Besinnliches, Humorvolles aber auch durchaus Kritisches sein.

Gestern war wieder einmal so ein Kinoabend. Auf den Film selbst will ich jetzt nicht eingehen, das überlasse ich den berufsmäßigen Kritikern.

Für unser kleines Kino wurde ein Verein der Kinofreunde gegründet, um das Kino zu erhalten, deswegen war dies ein Film aus ihrem Angebot. Die Kinofreunde geben sich unglaublich viel Mühe zum Thema passende Getränke und oft auch Essen anzubieten, eingepackt in thematisch zugehörige Anfangsmusik.

Da es sich also nicht um das normale Kinoprogramm sondern um einen ausgesuchten Film handelte war schon eine lange Schlange vor der Kasse, 40 Minuten vor Vorführbeginn. Das Kino hat nur einen kleinen Vorraum, sodass die Leute dichtgedrängt den kleinen Vorraum ausfüllten und der Rest der weiterhin ankommenden Kinobesucher draußen vor der Tür in der Kälte stand. Trotzdem ist niemand wieder nach Hause gegangen.

So eine Kinoatmosphäre ist natürlich nicht mit dem häuslichen Puschenkino vergleichbar. Obwohl es inzwischen in vielen Wohnzimmern dominierende, wandabdeckende Großraumbildschirme gibt, so ist der Besuch eines Kinos eindeutig atmosphärisch anders. Gestern gab es sogar ein Glas Sekt, wahlweise auch alkoholfrei oder Orangensaft. Auch dies trägt zu einer besonderen Stimmung bei.

Das Medium Kino schein mehr ein weibliches zu sein, denn es waren ganze Frauengruppen da aber nur einige männliche Besucher. Wenn ich es genau betrachte, ist die geschlechtsabhängige Zusammensetzung des Publikums sicher vom Genre des Films abhängig. Es gehen evtl. mehr Männer als Frauen in die Starwarsfilme. Ich könnte mich natürlich auch einmal in so einen Film verirren, um mein Vorurteil bestätigen zu lassen...... aber nein, doch lieber nicht. So groß ist mein Forscherdrang denn doch nicht.

Wie auch immer, die diversen Frauengruppen hatten sich offenbar längere Zeit nicht gesehen und hatten sich so viel zu erzählen. Der Lärmpegel war recht steigend.

Aber auch der Mann neben mir, nicht zu mir gehörend, war recht redselig. Aber auch das gehört zur Stimmung eines Menschentreffpunktes. Und da wir alle früh da waren, mussten wir uns auf den engen Sitzreihen irgendwie einrichten und bespaßen. Der Blick in die Runde zeigte mir, dass ich die Eine oder Andere kannte. Ein Blick, ein Lächeln, ein Winken.

Dann ging endlich das Licht aus und das auf der Leinwand (wieso eigentlich Leinwand? Die hat sich sicher auch lange überholt und den heutigen Materialien angepasst) an. Dies bedeutete allerdings nicht das Abflauen des Mitteilungsbedürfnisses des Publikums, bis es Beschwerden gab:

Ruhe, seid leise, sonst kann man nichts verstehen, man, nun ist aber gut usw. Als dann der Hauptfilm anfing, denn bis heute ist das Vorprogramm genauso unvermeidbar wie in früheren Zeiten , trat Stille ein und alle konzentrierten sich nach vorne. Nur von Zeit zu Zeit huschte jemand auf die Toilette, Sekt und Orangensaft suchten das Weite.

Nach dem Ende des Films, das zum Glück immer schriftlich angezeigt wird, blieben die meisten Besucher etwas benommen und noch ganz im Geschehen des Films gefangen auf ihren Sitzen, bis sie wieder im Hier und Heute angekommen waren. Man stand auf, nickte noch einmal nach rechts und links, blieb vielleicht auch kurz für einen Satz stehen.

Dann ging man nach Hause, voller Bilder im Kopf und Worten, über die man nachdenken musste oder konnte. Ein Film klingt oft nach, wie ein gut geschriebenes Buch.

So ist das Ende eines guten Films oft nachhaltig und für das lohnt ein Kinobesuch immer.

Schwimmen ist eine gute Sache, finde ich. Schwimmen gelernt habe ich im Freibad Langenhorn, in Hamburg. Dahin konnte ich zu Fuß gehen. Später hatten wir in der Schule Schwimmunterricht im Hallenbad Hudtwalkerstraße und ich lernte den Unterschied zwischen Frei- und Hallenbad und Freizeitbaden und Gruppenvorführeffekt kennen.

Ich sollte zum Beispiel vor den Augen meiner Klassenkameraden, wie umgekehrt die natürlich auch vor meinen, vom Beckenrand springen, möglichst noch einen Köpfer machen. Vom Beckenrand bin ich genau einmal gesprungen und habe kurzzeitig Todesängste durchlebt, den Kopfsprung habe ich total verweigert, was meine Sportnote nicht gerade verbessert hat. Zeitlebens schwimme ich wie eine Ente, mit nach oben gestrecktem Hals, ausschließlich über der Wasseroberfläche.

Ich bin eine sichere Schwimmerin aber sobald Wasser in mein Gesicht kommt lässt diese Sicherheit nach.

Doch am schönsten war das Schwimmen in der Ostsee, wohin wir im Sommer mit der Familie oft fuhren. Heute wohne ich in der Nähe der Nordsee. Muss ich dazu noch viel sagen? Wasser weg, Wasser da, Wasser weg... Man kann wunderbare Schlammbäder nehmen oder das Watt durch die Zehen quatschen lassen aber schwimmen?

Also kommen für mich heute nur Frei- und Hallenbäder in Frage, wenn ich einmal wieder ausgiebig schwimmen möchte. Und um ehrlich zu sein, mehr die Hallenbäder, denn mein Kälteempfinden hat zugenommen. Vielleich auch deswegen, weil ich nicht wie einige Meeressäuger Blubber zugelegt habe.

Und, mein alter Badeanzug muss ersetzt werden, denn an meinem jetzigen bin ich laufend am Zippeln um ihn an die richtigen Stellen zu ziehen. Aber ich will schwimmen und nicht zupfen. Ich gehe also in ein Geschäft um hier Abhilfe zu schaffen.

Das ist gar nicht so einfach, denn es gibt eine beträchtliche Auswahl an Badekleidung, weiblich.

Da ist ein Ständer mit Bikinis mit verschiedenen fremdsprachigen Bezeichnungen: Bügel-, Bandean-, Top-, Bufallo Bügel Top-, Kanja Push Up Top, Venice Beach Bustier Top, alles Bikinis. Die Dinger kommen für mich nicht mehr in Frage. Mein letzter Bikini ist mir vor über 30 Jahren in Malaysia von der Wäscheleine gestohlen worden. War vielleicht auch besser so. Es mag ja durchaus noch einige mutige Frauen über 70 geben, die das Tragen eines Bikinis für gegeben halten, ich gehöre nicht dazu.

Also gehe ich hocherhobenen Hauptes an diesem Ständer vorbei.

Nächster Ständer: Shaping Bikini Hose, die Hose geht bis über die Taille und überdeckt so die eventuellen oder sicher vorhandenen Bauchfalten. Dann ist da der Tankini Zweiteiler mit langem Oberteil. Endlich kommt eine Verkäuferin und fragt, ob sie mir helfen kann.

Oh ja, bitte.

Ich erkläre ihr genau, was ich suche: Badeanzug zum Schwimmen, unauffällig in der Farbe, guter Sitz, nicht zu teuer und ohne die Notwendigkeit ihn laufend zurechtzupfen zu müssen.

Professionell zieht sie einige Modelle vom Ständer und ich verschwinde in der Umkleidekabine. Es geht doch nichts über fachliche Beratung!

Die Fachverkäuferin hat mir genau das herausgesucht, was ich beschrieben habe und nach der Anprobe von drei Modellen (bitte nur über der Unterwäsche- darauf wäre ich auch von allein gekommen, da meine Phantasie schon wieder Purzelbäume schlägt) habe ich mich schnell für den einen entschieden, schwarz-weiß, guter Sitz (was sich in der Praxis natürlich noch erweisen muss), nicht zu teuer und ohne die Notwendigkeit den Sitz laufend überprüfen zu müssen (auch das muss der Gebrauch noch unter Beweis stellen).

Ich bin zufrieden und die Grundlage für eine Rentnerschwimmkarriere ist gelegt.

April

Schlaf ist ein Thema, das im Alter wieder zunehmend an Bedeutung gewinnt.

Dies ist vergleichbar mit der Zeit junger Eltern und damit meine ich das "jung" auf den Elternstand bezogen, nicht auf das tatsächliche Alter der Eltern. Während der Zeit mit kleinen Kindern wird der Schlaf der Eltern auf die eine oder andere Art gestört, zumindest vorübergehen, was sich allerdings auch sehr lange ziehen kann. Ob das Kind nachts weint oder einfach nur die Nacht zum Tag machen möchte, wenn es eigentlich nur sanft und glücklich schlummern sollte oder ob auf leisen Sohlen, tap tap ein kleiner Mensch mit unter die elterliche Bettdecke huschen möchte und sich dann überproportional im Ehebett breit macht. Manche Eltern werden auf eine harte Probe gestellt. Aber aus Erfahrung kann ich sagen, es geht vorbei, irgendwann wird es den Kindern zu unbequem im elterlichen Bett und das Gemecker über diesen Zustand können die Kleinen auch irgendwann nicht mehr ertragen.

Wenn man dann in meinem fortgeschrittenen Alter angekommen ist und die tägliche Routine sich verlangsamt hat wird Schlaf oft wieder zum Problem. Ich habe mehr Zeit zum Lesen und Nachdenken und wenn ich dann dabei bemerke, dass mein Kopf einmal wieder zur Seite oder nach vorne gekippt ist, und das im Sitzen, nicht im Bett liegend, dann ärgere ich mich über diese Tatsache. Das kann auch bei den 20 Uhr Nachrichten passieren, wenn ich mal wieder nicht nur den Wetterbericht sondern auch Teile der Nachrichten verpasst habe, als auch besonders unpassend im Kino, wenn ich, kurz bevor ich Schnurchelgeräusche produziere, hochschrecke, mit viel Anstrengung versuche die Augen zu öffnen und zu fokussieren und mich verstohlen umsehe um festzustellen, ob jemand meinen kurzen Schwächeanfall bemerkt hat. Und spätestens, wenn mir eine Freundin sanft die Hand auf den Arm legt, weiß ich, dass es schon wieder geschehen ist. Da sind diese kleinen

Ausrutscher, wenn sie zu Hause stattfinden, leichter wegzustecken als in der Öffentlichkeit.

Besonders zu denken gab mir kürzlich mein Verhalten bei einem Orgelkonzert. Eine Orgel ist bekanntlich ein stimmgewaltiges Instrument. Trotzdem habe ich es geschafft ganz, ganz kurz wegzunicken. Man mag es kaum glauben, aber ich habe sogar ein leichtes Säuseln gehört. Ob das von mir kam? Los, gerade aufrichten und unschuldig gucken. Da sehe ich 2 Reihen neben mir eine Frau, die fast von der Bank rutscht. Das gibt mir Oberwasser und die Verlegenheit relativiert sich etwas.

Zugegeben bin ich auch als junge Frau vor dem Fernseher eingeschlafen. Es gibt noch immer viele Filmklassiker, bei denen ich Lücken habe. Aber damals musste ich früh als Erste aufstehen und war nach Kinderzuwendung, Haushalt und Berufstätigkeit am Abend einfach energetisch soweit, dass ich auftanken musste und einfach entschlummert bin.

Aber heute? Diese Entschuldigung habe ich heute nicht mehr. Ich bin zwar immer noch mit vielen Dingen beschäftigt aber mit früheren Zeiten ist das nicht zu vergleichen. Und dann nachts…….

Ich wache alle 1-3 Stunden auf, fange an zu denken, was sich bekanntlich schwer abstellen lässt. Auch Schäfchen zählen, Atmung kontrolliert verlangsamen, Meditieren, nichts hilft. Ich bin hellwach. Aber eigentlich ist das auch nicht so tragisch, schlafen kann ich später noch, wenn alles vorbei ist.

Aber, wie ich gerade feststellen musste, gibt es auch Menschen mit einem entgegengesetzten Schlafverhalten. Sie schlafen und schlafen und schlafen. Beim Besuch einer Freundin, bei der ich übernachtete, habe ich diese lehrreiche Erfahrung gemacht. Wir hatten eine ungefähre Zeit abgemacht, zu der sie aus dem Bad herauskommen wollte, damit ich dann das Bad benutzen konnte. Ich hörte Musik aus ihrem Zimmer, dann wurde es still. Die Zeit verstrich, bis es 1 ½ Stunden nach dem Badübergabetermin war. Ich fragte mich, was tue ich nur? Ist etwas mit ihr nicht in Ordnung, braucht sie vielleicht Hilfe und schlich zu ihrer Schlafzimmertür. Ich hörte leises Schnurcheln und war beruhigt. Und ich muss wirklich zugeben, ich war unglaublich neidisch. So kann es also auch gehen, sagte ich mir.

Zum Glück hat jeder Mensch sein eigenes Schlafverhalten und an Schlafmangel ist wohl noch niemand gestorben. Ich denke, der Körper holt sich, was er braucht, der eine mehr der andere weniger. Es gibt eben Menschen die Schlaf betreffend kleine Napoleons sind, der bekanntlich extrem wenig Schlaf benötigte. Denn er musste sich darum bemühen, dass in seinen Kriegen möglichst viele Menschen auf dem Schlachtfeld der Ehre zurück blieben. Das ist harte Arbeit, dafür braucht man schon viele wache Stunden um dies zu planen.

Ich mache das einfach umsonst, das schlechte Schlummern, ohne praktisches Eingreifen in das Weltgeschehen.

April

Viele Ruheständler engagieren sich ehrenamtlich, eine bekannte Tatsache. Die Gründe sind sowohl einer sinnvollen Beschäftigung nachzugehen als auch der Gesellschaft etwas zurück zu geben für Vieles im Leben und ein aktiver Teil derselben zu bleiben. Natürlich gibt es noch viele andere Beweggründe, wie das Erhalten sozialer Kontakte und am öffentlichen Leben teilnehmen zu können.

Nun fängt für mich die Suche an wo ich mich einbringen möchte. Da spielen Interessen und Neigungen logischerweise eine große Rolle oder jemand sagt: Komm doch mal da und dahin mit. Es ist ein breites Feld und die Entscheidung hängt oft auch von Zufälligkeiten ab.

Seit dem großen Flüchtlingsstrom übers Mittelmeer hat sich ein großes Betätigungsfeld aufgetan. Viele Rentner möchten helfen, weil die öffentlich gemachten Bilder und Berichte Mitgefühl und Hilfsbereitschaft hervorrufen.

In vielen Orten war das Hilfsangebot größer als die tatsächliche Notwendigkeit. Andererseits haben viele Menschen sich so intensiv eingebracht, dass sie ungeahnte Fähigkeiten an sich entdecken konnten. Sie helfen bei Behördengängen und bei allen Problemen des täglichen Lebens wie Wohnungssuche, Kindergarten, Schule und dem Erwerb von Deutschkenntnissen, in Kleiderkammern, bei der Tafel, Möbellagern und Nachbarschaftskontakten.

So konnten viele Deutsche Beziehungen zu Flüchtlingen aufbauen. Persönliche Kontakte unterstützen das gegenseitige Verständnis und beugen anonymen, dumpfen Denkweisen vor. Vieles, was wir nicht aus eigener Anschauung kennen, macht uns oft Angst, hervorgerufen durch Fallbeispiele aus der Presse, die wir als exemplarisch wahrnehmen. Und natürlich, wie überall, gibt es zwei Seiten einer Medaille. Aber nur der, der persönliche Erfahrungen gemacht hat, hat das Recht eines Urteils.

Wenn ich höre, wie viele ehrenamtliche Helfer von „ihren Flüchtlingen" sprechen, muss ich lächeln. Denn eigentlich kann sowohl uns als Gesellschaft als auch den Flüchtlingen nichts Besseres passieren. Wenn das Flüchtlingsproblem ein Gesicht bekommt wächst das Verständnis. Das gilt natürlich für Alles, vor dem uns diffuse Ängste plagen.

Das Feld des Ehrenamtes ist so vielseitig wie unsere Welt. Man muss nur seine Fähigkeiten entdecken und sie umzusetzen versuchen. Umweltschutz, Nachbarschaftshilfe, Hilfe in allen Lebenslagen.

Ich jedenfalls habe mein Ehrenamt noch nicht gefunden und nehme gern noch Beratungen diesbezüglich entgegen.

April

Wie zum Glück noch immer viele Menschen bin ich Abonnentin einer Tageszeitung. Für mich ist das geschriebene Wort, publiziert durch eine Vielzahl freier Presse, eine essentielle Sache.

Meine Zeitung in Papierform leistet mir morgens beim Frühstück Gesellschaft.

Es gibt Artikel, die mich ansprechen und die ich genauer lese und welche, von denen ich nur die Überschriften überfliege. Mit diesem Verhalten bin ich sicher nicht anders als meine Mitmenschen.

Was aber bei meiner morgendlichen Lektüre nicht fehlen darf ist ein Blick in die Familienanzeigen und hier insbesondere, morbide wie ich zu sein scheine, in die Todesanzeigen. Damit unterscheide ich mich von einigen Menschen aber beileibe nicht von allen.

Beim Lesen gibt es für mich verschiedene Kriterien, nach denen ich vorgehe. Da ist natürlich erst einmal der Name, ist jemand dabei, den ich kenne? Dies ist selten der Fall (gibt mir Mut zum Weiterleben). Dann beachte ich das Alter des Verstorbenen (oh man, der war aber noch jung, Anzeige genauer lesen, warum so früh gestorben). Eine andere Anzeige betrachtend habe ich noch 25 Jahre zu leben. Leider ist meine Altersgruppe überproportional vertreten, das ist schlecht für meine eigene Prognose.

Ich sehe mir den Wohnort des Verstorbenen an, habe ich ihn/sie vielleicht doch gekannt? Ungemein wichtig diese Tatsache nicht zu übersehen. Ich könnte mich in einem Gespräch nach einem Angehörigen meines Gesprächspartners erkundigen um dann peinlichst berührt erfahren zu müssen, dass dieser Angehörige nicht mehr lebt. Wie unschön ist das denn? Also, unbedingt Todesanzeigen lesen!

Nachdem diese Fakten abgearbeitet sind und so meine eigene Betroffenheit in den Hintergrund fallen darf, gehe ich mehr zum lustigen und kuriosen Teil der Anzeigen über. Ich wohne ländlich und da gibt es Namen, die habe ich noch nie gehört. Und hier spreche ich von Vornamen.

Einige weibliche Namen sind verbrämte männliche Namen. Was sagt uns das? Haben da ein Elternteil oder beide auf einen männlichen Nachkommen gehofft?

Da gibt es Hartwig, Bernhardine, Thomasine, naja, auch Karla. Auch mein Vater hatte gedanklich auf einen Sohn hin geplant, den er Karl-Uwe nennen wollte. Zum Glück kam dann meine Mutter nach meiner Geburt zum Zuge und mein Name wurde etwas netter.

Dann sind da noch die alten Namen, die mich immer wieder in Erstaunen versetzen, überraschen und zum Schmunzeln bringen wie Edeline, Heidine, Gedine, Thalene, Everdine, Rienelde, Janto, Immo, Sjut. Nur so als Beispiele, alles in Todesanzeigen gefunden.

Aber warum diese Notwendigkeit oder dieses Verlangen für mich, die Todesanzeigen lesen zu wollen (oder müssen?). Zum Glück bin ich damit in guter Gesellschaft, anders als die Menschen, die das Lesen dieser Anzeigen kategorisch ablehnen oder schlicht kein Interesse daran haben.

Ich stehe unter einem psychischen Einfluss, das Thema lässt mich nicht kalt. Die Erkenntnis: Wenn ich da nicht stehe, lebe ich noch, mag da eine simplifizierte Wahrheit sein. Wenn ich so in mich hineinschaue entdecke ich eine Mischung aus Interesse (wer ist gestorben), Sensationslust (kann ich Umstände, Familienanimositäten und andere interessante Dinge aus der Anzeige herauslesen), Erkennen von Kuriositäten (ungewöhnliche Namen z.B.) und natürlich die Erleichterung, dass es bisher erst einmal andere Mitmenschen getroffen hat.

Sind das ausreichend nachvollziehbare Gründe? Für mich schon.

April

Heute ist wunderbarer Sonnenschein und ich werde mich, wenn er anhält, nachher auf mein Fahrrad schwingen. Aber erst einmal werde ich mich meinem Tagebuch zuwenden.

Dem Alter werden zwei total gegensätzliche Eigenschaften nachgesagt. Zum einen Altersstarrsinn, zum anderen Altersgelassenheit. Ich vermute einmal, dass Altersstarrsinn einhergeht mit Demenz. Er ist sicher auch ein Zeichen von Unzufriedenheit, unter der oft auch Angehörige, Freunde und Pflegepersonal leiden müssen. Ganz anders bei der zunehmenden Gelassenheit im Alter.

Wir hatten einmal einen Pastor im Nachbarort, der eine Predigt über das Wort „Lindigkeit" hielt. Ich habe keine Ahnung, wo ihm dieses Wort über den Weg gelaufen war oder ob er es selbst erfunden hatte. Im Duden ist es jedenfalls nicht zu finden. Und ich war sicher nicht die einzige Lauscherin, der dieses Wort fremd und erklärungsbedürftig erschien. Der Herr Pastor gab dann auch die Erläuterung zu dem Wort: Lindigkeit ist, wenn eine Mutter ihrem Kind über das Haar streicht. Um es ganz deutlich zu machen, diese Art von Gefühlswelt meine ich nicht mit der Gelassenheit im Alter.

Ich meine ehr die Situation, als mein Enkel meiner heißgeliebten Käthe-Kruse-Puppe ein Loch in den Kopf verpasste. Eigentlich war es mehr meine Schuld gewesen, denn ich hätte sie ihm nicht in die Hand geben sollen. Und es war eben nur eine Puppe, sagte ich mir. Wenn dies allerdings einem meiner Kinder früher passiert wäre, wäre die Reaktion ganz anders ausgefallen. Mensch, kannst du nicht aufpassen, meine liebste, wertvolle Puppe. Die kann man nicht einmal mehr kleben, so ein Mist.

Ich bemerke, dass mich gewisse Dinge einfach nicht mehr aufregen, die meine Emotionen früher doch mächtig in Wallung gebracht hätten und haben.

Andererseits gibt es Dinge, die immer wieder ins Schwarze bei mir treffen und bei denen meine Gelassenheit sich total verabschiedet. Dies ist der Fall bei Ungerechtigkeit, Grausamkeit, Übervorteilung, Umweltschutz und Verletzung der Menschenrechte. Und an meiner emotionalen Beteiligung und Reaktion bei diesen Themen will ich unbedingt festhalten, das will und werde ich nicht aufgeben. Hier kämpfe ich gegen aufkeimende Gelassenheit an.

Aber ansonsten? Insbesondere bei zwischenmenschlichen Dingen beobachte ich zunehmende Gelassenheit bei mir. Und Sachen, die zu Bruch gehen sind entweder ersetzbar oder verzichtbar.

So, nun kommt das Fahrrad zum Einsatz und dabei kann ich dann noch etwas weiter über meine vermeintliche oder tatsächliche Gelassenheit nachdenken.

Laufen lernen ist für kleine Kinder verbunden mit häufigem Hinfallen. Das ist zwar eine unangenehme Überraschung, meist aber nicht schmerzhaft und hat noch kein Kleinkind davon abgehalten die Laufversuche fortzusetzen.

Beim Spielen auf dem Schulhof, beim Fußballspiel, den ersten Fahrversuchen auf dem Fahrrad gibt es aufgeschlagene Knie und verschrammte Schienbeine, seltener Knochenbrüche.

Dann folgt eine stabilere Zeit, in der Stürze selten werden und weniger mit dem Fehlen körperlicher Stabilität sondern mehr mit Unaufmerksamkeit und Unfall zu tun haben.

Aber mit 65 fängt dann wieder eine gefährliche Zeit für Stürze an, die wir uns, älter werdend, wegen der Folgen nicht mehr so einfach erlauben können.

Untersuchungen sagen, dass von Menschen über 65 30% jährlich stürzen. Dies bezieht sich auf Menschen, die sich selbst versorgen, bei in Einrichtungen Lebenden nimmt dieser Prozentsatz sprunghaft zu und beträgt 50%. Ganz allgemein nimmt die Sturzhäufigkeit im Alter zu, die Ergebnisse in % variieren von Studie zu Studie. Die Kernaussage bleibt bestehen, Alte leben zunehmend gefährlicher.

Ich absolviere meine statistische Vorgabe ganz trendig auch regelmäßig. Dabei habe ich schon viele Orte ausprobiert, bin aber nicht in der Lage eine Beurteilung darüber abzugeben, welcher Untergrund besser oder schlechter sturzgeeignet war, obwohl mir mein Verstand sagt, je härter desto unbequemer.

Zudem ist man, sich auf dem Boden vorfindend, oft nicht in der Lage eine Aussage darüber zu machen, wie man da eigentlich hingeraten ist. Stolpern, Unachtsamkeit, Ausweichmanöver, Balanceprobleme, verdrehter Fuß oder verdrehtes Bein, es gibt so viele Möglichkeiten. Alles geschieht immer so schnell und unerwartet, dass man anschließend sagt: ach du Schreck, wie ist das denn passiert?

Dabei besteht selbstverständlich ein Unterschied darin ob man für die Öffentlichkeit sichtbar oder in seinen eigenen vier Wänden stürzt.

Also, wenn Sie mich fragen, ich stürze lieber kunstvoll verdreht zu Hause, auch auf die Gefahr hin keine schnelle Hilfe erhalten zu können, als auf dem Gehweg, oder, wie ich es einmal geschafft habe auf dem Gehweg stolpernd (ich glaube, da saß so eine blöde Katze der ich ausweichen musste) über den Bordstein rutschend auf den Knien auf der Fahrbahn landend. Irgendwie war das schon ein kleines Kunststück, muss aber recht dämlich ausgesehen haben, zumindest kam ich mir recht dumm vor, so auf meinen Knien liegend, an einer Stelle, an der ich so gar nichts zu suchen hatte. Ohne mir über evtl. Verletzungen Gedanken zu machen habe ich mich erst einmal umgesehen, ob irgendjemand diese Peinlichkeit beobachtet hatte. Erst dann habe ich meine Beine bewegt, mich aus meiner misslichen Lage hochgehievt, meine verstreuten Siebensachen zusammen gesammelt und bin nach Hause gehumpelt.

Meine Augen sind seitdem stramm beim Gehen auf den Gehweg konzentriert um mögliche Unebenheiten vorzeitig erspähen zu können. Dabei übersehe ich dann regelmäßig andere Dinge, die oberhalb meines Blickfeldes sind.

Aber ich bin sicher, dass das auch nicht die Lösung sein kann, denn so erkenne ich keine an mir vorbei gehenden Bekannten und einen krummen Rücken bekomme ich auch und einen unsicheren Gang obendrein.

Überleben ist einfach kompliziert!

Mai

Es gibt wohl nur extrem wenige Menschen, die ohne Musik leben können. Glücklicherweise sind die Geschmäcker sehr unterschiedlich, manchmal auch leider, insbesondere dann, wenn man als Mithörer einer ungeliebten Musikgattung schnell genervt wird.

Und die Schubladen, in die man Menschen auf Grund ihres Musikgeschmacks einordnet, sind so vielfältig wie die Musikgenres selbst. Das fängt bei Volksmusik an, geht über Klassik, Jazz, Country, Beat, Volksmusik, Soul, Kirchenmusik und exotische Folklore bis zu Hardrock und Metall. Ich weiß, ich habe viele Musiktypen vergessen aufzuführen, vielleicht auch, weil ich sie nicht kenne.

Ich höre gerne Musik aber nur, wenn ich nicht traurig bin. Wenn ich traurig bin kann ich keine Musik ertragen, weder getragene noch aufmunternde, noch solche zum Mitsingen. Das finde ich eigenartig und ich frage mich warum das so ist. Musik spricht in erster Linie die Emotionen an, Heiterkeit, Glücksgefühle, Spaß, Tränen und Körperbewegungen.

Natürlich reagiere ich auch auf viele Wortbeiträge emotional, aber irgendwie rationaler, überlegter, reflektierter, mehr in Zusammenhang zum Inhalt des Beitrages. Selbstverständlich regt mich ein Beitrag über Ungerechtigkeit, Dummheit oder Extremismus enorm auf. Aber ich kann meine Reaktion erklärend nachvollziehen, einen direkten Bezug zum Gehörten herstellen.

Das ist mit dem Hören von Musik anders, zumindest bei mir. Ich reagiere rein aus meiner Gefühlswelt heraus. Wenn ich anfange mitzusingen oder mit meinem Körper mitzuschwingen, dann ist meine Welt in Ordnung.

Bei anderer Musik bekomme ich eine Gänsehaut, was ich durchaus als positives Gefühl identifiziere, was aber auch leichtes Unbehagen hervorruft, weil ich mich manipuliert fühle. Irgendwie.

Wenn mir aber urplötzlich beim Hören bestimmter Musik die Tränen kommen, dann bin ich irritiert. Das passiert bei einer Kombination einiger bestimmter Musikstücke in bestimmten Situationen mit einer fast 100%igen Sicherheit. Vielleicht ist das der Grund, warum ich keine Musik hören mag, wenn ich traurig bin. Vielleicht habe ich Angst vor meinen eigenen Tränen, die unvorbereitet kommen und über die ich keine Gewalt habe.

Ich bin sicher, dass andere Menschen Musik brauchen um aus traurigen Stimmungslagen wieder heraus zu kommen. Ich gehöre eindeutig zur anderen Sorte.

Natürlich gibt es auch Wortbeiträge oder Situationen, die mir unweigerlich Tränen in die Augenwinkel treiben, wie schon erwähnt.

Aber Musik ruft eindeutig stärkere Emotionen bei mir hervor. Wobei ich Glücksgefühle gern entgegen nehme. Aber Trauer, ausgelöst durch mehr oder weniger harmonische Töne, das gefällt mir sehr viel weniger.

Ich wüsste gerne, wie das bei meinen Mitmenschen ist. Läuft ihre Gefühlsskale ähnliche Wege oder reagiere nur ich so, wie ich reagiere?

Ich muss da einmal eine kleine Umfrage halten, ohne dass mir eine Träne herunter kullert.

Mai

Dies Huch-es-ist-schon-wieder- Weihnachten-wie-kommt-denn-das-Gefühl überkam mich heute Mittag. Das finde ich bedenklich und ein wenig erschreckend.

Und so passierte es: Nach dem Mittagessen, immer pünktlich um 13 Uhr, ich hatte wohl etwas trödelig gegessen, guckte ich erstaunt auf die Uhr und musste feststellen, dass es wieder einmal später war als ich dachte. Dabei hatte ich mir noch so Einiges für den Nachmittag vorgenommen. Aber eigentlich wollte ich mich erst einmal hinsetzen und in meinem Buch lesen. Aber dann würde es knapp werden die vielen kleinen Dinge noch zu erledigen, die ich noch machen wollte, bevor meine Abendroutine einsetzen würde (ja, ich weiß, Routine lässt sich vorübergehend modifizieren oder ignorieren. Aber gerade das fällt mir nicht so leicht, da kommt die autistische Seite in mir zum Vorschein).

Aber nein, sage ich mir, du bist im Ruhestand, da ist Ruhe und Pause zwischendurch angesagt und erlaubt.

Und dann setze ich mich hin, lese mein Buch und stelle nach einer mehr oder weniger kurzen Zeit fest, dass mir der Kopf weggerutscht ist, die Augen sich geschlossen haben und ich weggenickt bin. Also Eingeschlafen möchte ich das nicht nennen, weil

1. die Angelegenheit viel zu kurz für diesen Begriff war
2. dies meinem Selbstanspruch des Nachts-wird-geschlafen-und-nicht-am- Tag nicht entsprechen würde.

Also, eingenickt, weggenickt, mehr ist das nicht aber das Ergebnis ist letztendlich zeitversetzend. Und, huch, es ist schon wieder.......

Und schon habe ich den Eindruck, dass meine Tage immer kürzer werden, im Gegensatz zur momentanen Entwicklung in der Natur, wo die Tage immer länger werden.

Insgesamt bestätigt jeder älter werdende Mensch, dass die Zeit, ob in Tagen, Wochen, Monaten, Jubiläen oder Weihnachtsfesten gerechnet immer schneller verläuft. Dieses Empfinden scheint allgemeingültig zu sein.

Aber warum?

Für Kinder laufen die Abstände von Geburtstag zu Geburtstag, von Weihnachten zu Weihnachten, von den Ferien bis zu den nächsten Ferien subjektiv extrem langsam.

Dieses Tempo nimmt mit zunehmendem Alter rapide zu. Es ist wie ein Sog hin zu einem schwarzen Loch. Je näher man dem Loch kommt umso mehr steigert sich die Geschwindigkeit. Diese Erkenntnis ist leider wenig tröstend und ich will sie auch nicht immer vor Augen haben.

Also ist meine Devise: Mach etwas aus den Tagen, Wochen und Jahren, solange du atmen kannst. Fülle sie mit Leben. Nimm dir etwas vor. Sei mit anderen Menschen zusammen. Sei offen und interessiert an deiner Umwelt.

Dies ist mein Rat für heute an mich selbst. Aber vergiss nicht die Ruhepausen. Mein Buch liegt schon bereit, ich werde mich beim Lesen aufrecht hinsetzen und, naja, Sie wissen schon was passieren könnte.....

Mai

Es piept, es piept und mein Smartphone vibriert und teilt mir mit, dass eine Nachricht für mich angekommen ist. Das an sich finde ich sehr schön, weil jemand an mich gedacht hat und greife nach dem Gerät.

Die modernen digitalen Kommunikationsangebote geben auch uns älteren Menschen eine Vielzahl von Möglichkeiten mit unserer Familie und mit Freunden in Verbindung zu sein, wenn wir uns denn darauf einlassen. Das ist erst einmal eine grundsätzliche Entscheidung.

Ich kenne niemanden, der sich in diese Richtung einer positiven Entscheidung bewegt hat, der dies hinterher bereut hätte. Und damit meine ich die generelle Entscheidung, nicht die im Detail, sondern die, was ich genau mitmachen möchte und zu entscheiden, was für mich gut ist. Es gibt auch hier meist wieder den Schritt zurück, bei Nichtgefallen.

Viele Menschen beschweren sich über eine zu große Erreichbarkeit. Aber genau wie beim Fernsehen, über dessen dauernde Präsenz viel geklagt wurde und wird ohne zu realisieren, dass es da einen An- und Ausknopf gibt, gibt es hier auch eine Entscheidungsmöglichkeit. Will ich die digitale Welt zulassen und wieviel davon oder will ich es nicht.

Noch sind wir Herr oder Frau über unser Tun. Jedes Gerät lässt sich individuell bedienen, auch ausschalten, wenn ich keine Lust habe am allgemeinen miteinander Kommunizieren teilzunehmen. Wenn ich dann wieder mag, bin ich wieder dabei. Aber da liegt das Problem. Viele Digitalkonsumenten meinen sie verpassten etwas, wenn sie ihr Gerät ausschalten oder ignorieren. Dabei speichert das Ding alles und nichts wird verpasst aber ich bestimme wann und wo und warum ich mich damit beschäftigen will.

Erst kam der PC in die privaten Bereiche. Das ist schon recht lange her. Wer da schon die Entwicklung und Anwendung mitgemacht hat, der hat die Grundlagen für die weitere Teilnahme an der digitalen Welt gesichert. Für Späteinsteiger wird es etwas komplizierter aber durchaus erlern- und beherrschbar, nur keine Angst. Die anfängliche Befürchtung, an den Geräten etwas kaputt machen zu können vergeht schnell bei häufiger Benutzung. Wenn man den PC soweit beherrscht, wie die eigenen Bedürfnisse es erfordern und festgestellt hat, dass so ein Ding eben genau dies ist, nämlich ein Ding, das ich nutze und nicht umgekehrt ein Monster, das mich beherrscht, dann lernt man diese Möglichkeit zu schätzen.

Der nächste Schritt ist ein Handy (wobei man den ersten Schritt über den PC durchaus überspringen kann) mit simplen Funktionen oder ein Smartphone, dass sich ähnlich bedienen lässt. Erst jetzt realisiere ich die vielen Funktionen, die mir offen stehen und ich muss genau überlegen, was ich möchte, was mir gut tut oder nicht.

Wichtig ist, wie schon erwähnt, die Erkenntnis, dass es immer einen Schritt zurück gibt und Ausprobieren möglich ist. Und es gibt so viele Vorteile zu entdecken.

Mein Informationsbedürfnis kann schnell gestillt werden, wenn ich ins Internet gehe und wenn ich denn diese Medien richtig nutze und immer einen Blick auf die Quellen habe. Informationen werden flott aktualisiert, was mit dem Brockhaus nicht so schnell möglich ist. Aber wer lieber eine Schwarte wälzt, stößt bei mir durchaus auf Verständnis, es ist aber mit den erwähnten Nachteilen verbunden.

Und dann gibt es da Email, SMS (langsam out), WhatsApp und wie die Dienste alle heißen. Die Änderungen und Neuoptionen kommen schneller als die Falten in meinem Gesicht.

Aber diese „digitalen Lifelines" sind genau dieses, meine aktiven und schnellen Verbindungen zu Familie und Freunden. Das Alleinsein hebt sich, zumindest gefühlt, auf. Ich kann mich verabreden, ich kann Erlebnisse austauschen, ich bin in Verbindung ohne auf den wöchentlich oder 1x monatlichen Anruf warten zu müssen. Aber auch hier gilt es dem anderen nicht auf den Wecker zu gehen und sich selbst auch nicht und alles auf das Maß zu beschränken, dass allen Teilnehmern gut tut.

Problematisch für mich sind die WhatsApp Gruppen. Aber auch da muss man nicht mitmachen, wenn sie anfangen zu nerven. Natürlich kann durchaus auch ein gewisser Spaß mit einer WhatsApp -Gruppe verbunden sein. Aber wenn Ein-Wort-Nachrichten laufend mein Handy zum Piepen bringen, dann reagiere ich etwas ungehalten.

Ein weiteres Ärgernis sind die vielen Bilder und Videos, die wie Kettenbriefe weitergeschickt werden. Aber auch sie können durchaus lustig oder weise sein, ich finde sie oft überflüssig, kann mich aber bei einigen nicht dagegen wehren sie weiterzuschicken. Schön finde ich es hingegen, wenn Fotos von Familie und Freunden auf meinem Display auftauchen, wenn es denn nicht zu viele werden.

Wenn mir aber nicht so enge Bekannte zeigen müssen wie ihr Urlaubsort aussieht, dann bin ich selten begeistert. Zack, auf den Knopf gedrückt und weg ist das kleine Ärgernis.

Das Mitteilungsbedürfnis wird angeregt durch die neuen Medien und das finde ich schön, solange es Leute betrifft, an denen ich ein persönliches Interesse habe. Andere Menschen lasse ich nicht in mein Smartphone und möglichst auch nicht in meinen PC.

Als ich den Nachlass meiner Mutter aufräumen musste fand ich erstaunlich viele Briefe ihrer Enkel an sie. Da wurde ich richtig neidisch, denn das ist etwas, was ich sehr vermisse und was wohl auch nicht mehr zeitgemäß ist. Einen schönen Brief von Kinderhand mit wunderbaren Rechtschreibfehlern, lautmalerisch geschrieben, mit einer Zeichnung dabei und sehr persönlich an die Großmutter abgefasst.

Natürlich kann man nicht alles haben aber...... naja, die Zeit gibt Vieles einfach vor oder verwirft es.

Dies sind alles Gedanken eines Menschen, der langsam out of date geht, dessen Verfallsdatum näher rückt, der aber zumindest versucht mit der Zeit zu gehen.

Mai

Rentner haben nie Zeit.

„Ich bin Rentner, ich habe keine Zeit." Dieser Spruch ist zur Standardaussage für viele Ruheständler geworden, wenn sie denn eine Ausrede benötigen. Ist das wirklich so gemeint oder ist das eine geschmunzelte Aussage?

Ich denke, meistens ist es ernst gemeint. Vielleicht auch, um die Bedeutung, die Wichtigkeit der Person zu unterstreichen? Ich habe so viel zu tun, also nehmt mich ernst, habt Respekt vor mir, ich bin auch noch immer ein voll funktionsfähiger Teil dieser Gesellschaft. Haben wir das nötig? Warum können wir uns nicht einfach von dem äußeren Druck verabschieden, unter dem wir im Berufs- und Familienleben standen?

WIR sind Herr unserer Zeit. Unsere Rente, egal wie hoch sie ist und da gibt es mit Sicherheit gewaltige Unterschiede, taucht unaufgefordert monatlich auf unserem Konto auf. Und was wir sonst so machen bestimmen alleine wir selbst.

Viele, viele Fragen, die jeder Rentner für sich beantworten muss. Aber keine Zeit haben?

Es gibt Ruheständler, die noch immer eine enorme Energie haben und viele Interessen, die sie in produktive Bahnen lenken. Und es gibt auf der anderen Seite viele Rentner, die Probleme damit haben ihre Tage sinnvoll auszufüllen.

Aber was ist sinnvoll, persönlich, gesellschaftlich?

Natürlich werde ich in der Ausübung von Tätigkeiten langsamer. Ich frage mich heute oft, wie ich es geschafft habe Familie, Beruf, Haus und Garten mit allen ihren kleinen und großen Aufgaben bewältigt zu haben, wenn auch vielleicht nicht immer alles in ausreichendem Maße. Aber immerhin! Heute wäre ich damit überfordert.

Also, ich werde langsamer, nehme mir aber auch bewusst mehr Zeit für die täglichen Dinge wie Zeitung lesen, Badroutine, Essen, Reisen uvm. Das reduziert natürlich die zur Verfügung stehende Gesamtzeit der 24 Stunden, die ein Tag nun einmal hat. Ist das so schlimm? Es steht mir zu alles etwas geruhsamer anzugehen, nach all den vollgepackten Jahren. Finde ich.

Seit ich in Rente bin kann ich meinen Tag eindeutig anders gestalten als vorher. Ich habe mehr Zeit für Dinge, die früher einfach nicht möglich waren, weil ich auch an die Bedürfnisse Anderer denken musste. Die meiner Kinder, die meines Mannes, die meiner Kollegen, die meiner alternden Eltern. Das muss ich heute nicht mehr so vordringlich. Das gibt mir eindeutig mehr Zeit. Und all den Beschwerdeführern, die den Mangel an Zeit beklagen, kann ich da nur vehement widersprechen.

Jeder Mensch, wenn er aus dem Erwerbsleben ausscheidet, muss sein Überleben so gestalten, dass er den Alibispruch „Ich bin Rentner, ich habe keine Zeit" nicht benötigt oder an sich arbeiten, wenn es zutreffen sollte.

Ein Bekannter sagte kürzlich zu mir: Seit ich Rentner bin will ich nicht mehr sagen ich habe keine Zeit. Denn wenn ich es sage, habe ich etwas falsch gemacht.

Ich kann ihm da nur zustimmen.

Mai

„Also, ich finde, Hildegart hat sich Marianne gegenüber sehr dumm verhalten. Wie findest du, was sie gemacht hat?" „Keine Ahnung, was ich davon halten soll."

„Wie das mit dieser Ehe weitergehen soll ist wohl sehr ungewiss. Was meinst du?" „Schwer zu sagen. In die Zukunft kann ich nicht gucken. Deswegen habe ich keine Meinung dazu."

„Die Welt wird immer schlimmer. Guck dir bloß an, was da im Nahen Osten wieder passiert ist. Wie denkst du darüber?" „Was war denn da los? Hab ich da etwas verpasst? Da kann ich nicht mitreden."

Zu allem soll oder muss ich eine Meinung haben, meinen meine Mitmenschen.

So viele Informationen stürzen auf mich ein. Da sind die Ereignisse aus meiner direkten Umgebung, die waren natürlich schon immer vorhanden. Dann all die politischen, unmoralischen und kriminellen Informationen landesweit und weltweit . Wie konzentrische Ringe ziehen sich die Kreise der Informationen bis in die weite Welt und darüber hinaus. Und umgekehrt wieder zu mir hin.

Meist kommen die Berichte auch noch mehr oder weniger kommentiert bei uns an. Insofern ist die Meinungsbildung schon auf dem Weg wenn sie mich erreicht. Im seltensten Fall erfahre ich nur Fakten und könnte mir dann eine einigermaßen unabhängige Meinung bilden, nur abhängig von meiner Wahrnehmung und meiner Erfahrung.

Ach, du meine Güte, was da so alles passiert in der Welt, da muss ich mich auf das beschränken, was mein limitierter Verstand aufnehmen und dann auch noch verarbeiten kann.

Und ich finde, man muss nicht zu allem eine Meinung haben, den Luxus gönne ich mir. Und ich sage das auch, wenn nach meiner Ansicht gefragt wird.

Das heißt nicht, dass ich keine Überzeugungen und Standpunkte habe. Da habe ich mir im Laufe meines Lebens doch so einiges erarbeitet. Aber über jeden kleinen und großen Mist auf dieser Welt nachzudenken und mich darin zu verlieren und damit zu überfordern und dann auch noch meine Meinung dazu kundtun zu müssen, das halte ich für übertrieben und unangemessen.

An Umfragen nehme ich nicht teil und wer mich um meine Meinung fragt, sei es Monika, Susanne oder meine Zeitung muss mit meiner Antwort zufrieden sein. Ich habe zwar zu vielen Dingen eine Meinung aber eben nicht immer.

„ Das ist gerade nicht mein Thema. Darüber habe ich noch nicht nachgedacht, keine Ahnung, keine Meinung."

Außerdem wird meine Meinung vorwiegend zu negativen Dingen von mir abverlangt. Wer fragt schon: Wie findest du es, dass die Narzissen blühen? Ist es nicht schön, dass die Züge fahren? Was meinst du?

Einmal bekam ich einen Telefonanruf, den ich unter normalen Umständen sofort abgebrochen hätte. Warum ich es in diesem Falle nicht tat wird mir ein ewiges Rätsel bleiben. Es ging um die sog. „Sonntagsfrage", bei der die politische Meinung der Bürger ermittelt werden soll.

Die Fragen kamen im Sekundentakt und meine Antworten waren spontan und total unreflektiert, sodass ich sie nach Ende des Telefonats nicht mehr alle erinnern konnte. Was hatte ich mir nur bei diesen meinen Kommentaren gedacht? Das war doch eigentlich gar nicht meine Meinung.

Soviel zum Thema Meinung, sie besteht aus vielen Zufälligkeiten und die selbsternannten Meinungsforscher bauen darauf ihre Fakten und Prognosen auf. Welch eine exakte Form der Forschung!

„Bist du glücklich?"

Die typische Frage an Braut und Bräutigam anlässlich ihrer Hochzeit. Und eine komische, wie ich finde. Wie soll man, bei all der Aufregung, wirklich glücklich sein?

Glücklich sein, wie geht das, kann man das?

Ich finde, zufrieden sein mit seinem Leben, seiner Situation, seiner Familie, seinen Mitmenschen das wäre schon sehr viel. Kann man über einen längeren Zeitraum glücklich sein? Ich bezweifle das.

Ich erlebe Glück immer nur als Glücksmomente, die leider nur eine relativ kurze Überlebensdauer haben, die ich aber umso mehr genieße. Wenn ich auf meinem Balkon sitze, mit einem Buch in der Hand, dann blitzt ein Glücksgefühl durch mich hindurch und ich denke: Man, hast du es gut.

Aber, wie schon bemerkt, das sind Momente, die sich nicht auf Knopfdruck produzieren oder reproduzieren lassen und recht flüchtig sind.

Zufriedenheit hat da mehr Ausdauer, die nur durch äußere Umstände wie, Krankheit, Ärger, Angriff, Beleidigung oder Missgeschick beendet werden kann. Leider laufen einem die genannten Dinge nur zu oft über den Weg, man stolpert ungewollt darüber und schon ist auch die Zufriedenheit erst einmal dahin.

Dann gibt es da noch Traumorte, die man erträumen oder erleben kann.

Ich träume davon mit einem bestimmten Menschen zusammen, an einen wunderbaren Ort zu reisen. Die Wirklichkeit hat den Traum oft überholt, wenn er denn wirklich wird und sich manches als unwirklich erweist.

Und dann gibt es die Menschen, die schon durch simple Traumorte kleine Glücksmomente erleben können.

„Es ist einfach zu schön, wenn ich die Bettdecke langsam bis zur Nasenspitze hochziehe und die Welt mir nichts anhaben kann."

Soll ich so einen Menschen beneiden oder bedauern? Ich habe meine eigene Antwort, will sie hier aber nicht äußern, weil…. Naja, weil dies nicht meine Traumorte oder Glücksmomente sind.

Glücksmomente und Traumorte hängen vielleicht auch etwas vom Alter ab. Also, ich möchte mit meinen 70 Jahren nicht mit einem Fallschirm irgendwo abspringen und der Erde entgegen schweben. Andere träumen davon. Aber das war für mich auch in jüngeren Jahren kein Traum. Solche Dinge habe ich lieber Anderen überlassen. Ich war schon immer ein kleiner Feigling.

Dafür habe ich bisher recht stressfrei überlebt.

Meine Glücksmomente habe ich trotzdem gehabt und werde sie hoffentlich auch weiterhin kurzzeitig zelebrieren können und dürfen. Das ist gut so.

Und ein Gefühl der Zufriedenheit reicht mit zwischenzeitlich vollkommen aus.

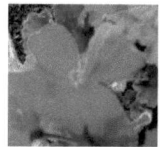

Juni

Habe ich nicht etwas geschrieben über Gelassenheit im Alter?

Streichen, alles streichen.

Ich bin seit 2 Tagen auf dem Kriegspfad.

Der erste Ausbruch meiner Ungelassenheit überkam mich in einem Sprachkurs. Es tauchte eine neue Kursteilnehmerin auf. Nun haben Neue es nicht immer ganz einfach, wenn sie in eine schon länger existierende Gruppe kommen. Also sollte man sie eigentlich freundlich aufnehmen und dementsprechend mit ihnen umgehen. Es war Paararbeit angesagt und der neben der „Neuen" sitzende Mann wandte sich sofort von ihr ab, obwohl er vom Standort her eigentlich hätte mit ihr zusammen arbeiten müssen. Also bin ich um alle Tische herum gegangen und habe mich zu der „Neuen" gesetzt. Dafür will ich bestimmt kein Bundesverdienstkreuz verliehen bekommen. Ich halte das für selbstverständlich.

Als nächstes machte die „Neue" einen wunderbaren Versprecher in der zu erlernenden Sprache. Aber der hässliche Lacher, der darauf folgte hätte auch etwas netter ausfallen dürfen. Zugegeben, der Lapsus hatte eine gewisse Komik, aber irgendwie erwarte ich von einem erwachsenen Mitmenschen ein gewisses Fingerspitzengefühl, verletzende Situationen zu umschiffen.

Als beim nächsten Unterricht die „Neue" zur „Ehemaligen" wurde, weil sie sich entschieden hatte nicht an unserem Kurs teilzunehmen, brachte ich diese Unebenheiten im Umgang mit ihr zur Sprache und traf auf totales Unverständnis. Irgendwie war Respekt nicht angesagt. Obwohl die Mitspieler hier längst aus dem unbedarften und vielleicht unreflektierten Jugendalter herausgewachsen waren.

Meine zweite Kriegspfadbegehung erlebte ich in einem Reisebüro, sofort nach dem ersten Ärgernis.

Die EU hat uns alle so eine wunderbare Datenschutzverordnung beschert, dass man wirklich ins Grübeln kommt, ob das in dieser Breite und mit diesem Papierverbrauch noch alles Sinn macht. Im Zuge dieser Verordnung sollte ich auf einem elektronischen Pad bei meinem Reisebüro meinen Namenszug niederschreiben. Zu sehen war nur die Linie, auf der ich unterschreiben sollte. Ich fragte dann unverschämterweise die Reisebürokauffrau, ob ich bitte einmal sehen könnte, was ich da eigentlich unterschriebe. Die etwas ungehaltene Antwort war:

„Sie sind die Erste, die danach fragt." Dies recht vorwurfsvoll vorgetragen.

Das erstaunte mich nun tatsächlich.

„Sie meinen, alle haben das so bisher unterschrieben ohne zu wissen, was sie da unterschrieben haben?"

„Natürlich. Wir sind ein respektables Reiseunternehmen."

Na, davon möchte ich einmal ausgehen, sonst wäre ich nicht hier.

„Ich möchte trotzdem gerne sehen, was ich da unterschreibe."

Meiner Bitte wurde mit Kopfschütteln nachgekommen und der ganze Papierwust wurde ausgedruckt. Ein kurzer Blick auf das Digitalgerät hätte mir eigentlich genügt.

„Also, das und das können Sie einmal gleich streichen. Ich möchte keine Informationen und Reklame von Ihnen und auch sonst von Niemandem haben."

„Ok, ich streiche es."

Zwei Tage später erhalte ich auf meiner Emailadresse eine Nachricht folgenden Inhalts:

Sicher haben Sie übersehen Ihre Email zu verifizieren. Absender, mein Reisebüro.

U.a. stand dort, dass man mir den Newsletter nur mit verifizierter Emailadresse zuschicken könnte.

Was soll ich bitte unaufgefordert verifizieren? Und warum? Den Newsletter hatte ich doch extra abgelehnt.

Nun stieg mein Puls noch eine Stufe höher und ich machte mich auf den Weg zum Reisebüro. Ich hätte ja auch anrufen können. Aber dann hätte jemand am anderen Ende mit den Augen gerollt und mir gleichzeitig mit zuckersüßer Stimme Recht gegeben. Ich wollte meiner Gesprächspartnerin in die Augen sehen.

Leider war die werte Dame nicht da und ich musste mich an ihre Kollegin wenden. Es ist immer etwas misslich, wenn man seine Kritik über Jemandem ausschütten muss, der eigentlich gar keine Schuld hat.

Aber da ich nun einmal auf dem schon recht ausgetretenen Kriegspfad war gab es kein Halten mehr. Ich steigerte mich so richtig in meine Vorbehalte und ließ alles raus, was sich da so aufgestaut hatte.

Nun bin ich sicher, dass, wenn die andere Kollegin wieder im Reisebüro ist, beide Damen kräftig über so eine dumme Nörglerin lachen werden.

„Mein Gott," wird die eine sagen „wie kann man sich bloß so anstellen. Erst einmal lesen was man unterschreibt. Wer hat schon einmal davon gehört".

Und die andere wird antworten:

„Ich hatte Probleme nicht zu lachen. Auf was für Ideen die Leute kommen."

Wie auch immer dieser Dialog ausfallen mag, es ist mir völlig schnuppe. Ich fordere Respekt für mich und für andere.

Habt ihr das verstanden?

Und unterschreiben werde ich auch weiterhin nur das, was ich lesen kann.

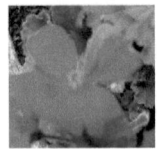

Juni

Dieser Sommer ist als Sommer vorbildlich. Die Sonne scheint und es ist wunderbar warm.

Mein neuer Badeanzug muss unbedingt eingeweiht werden und zwar im Freien, bevor es kalt wird und die Badesaison draußen nur noch für Hartgesottene, vielleicht nicht einmal für die, stattfindet.

Ich finde morgens früh, gleich nach dem Frühstück, denn Frühstück ist bei mir lebensnotwendig, ist das Schwimmen am schönsten.

Also Badesachen gepackt, Fahrrad aus dem Stall und los geht es.

Wir haben in der Nähe einen nicht mehr beaufsichtigten wunderbar großen Badesee. Der Eintritt ist frei, die Umkleidekabinen und Duschen auch. Alles sehr sauber, auch für Hygienebesessene.

Ich stolziere in meinem neuen Badeanzug, ganz ohne die Notwendigkeit zurechtgezogen werden zu müssen, einfach passend, ins Wasser. Dass es eigentlich warm ist heißt nicht, dass ich ins Wasser renne. Alles braucht seine Zeit und Adaption.

Im Wasser sind schon einige ältere Herrschaften, vorwiegend weiblich aber auch männlich. Ich liege also wieder einmal im Trend, dies ist die Badezeit für meine Altersgruppe, die uns verbindet.

Das Mitteilungsbedürfnis ist wieder einmal enorm, aber warum auch nicht.

Einige Leute kenne ich, begrüße sie mit einem Kopfnicken. Was mache ich nur, geselle ich mich zu den paddelnden Grüppchen? Ich wollte eigentlich schwimmen. Und genau das mache ich, hatte ich mir ja auch vorgenommen. Sonst hätte ich mir ja doch einen schickeren Badeanzug kaufen können um damit Eindruck zu machen. Nein und noch einmal nein.

Während ich stetig meine Bahnen ziehe höre ich worüber sich die anderen Mitbader unterhalten:

„ Hast du mitgekriegt, dass Giesela einen Schlaganfall hatte? Aber es geht ihr schon wieder besser."

„Und was machen deine Tomaten? Ich habe in diesem Jahr jede Menge."

„Hallo, Herbert. Nun mal nicht so vorsichtig, so kalt ist es nicht, stell dich nicht so an. (und leiser: Männer)."

„Wann kommen deine Kinder wieder aus dem Urlaub Hanna?"

„Und was macht ihr am Wochenende?"

„Hast du gehört, dass sie bei uns einen Hähnchenmastbetrieb bauen wollen?"

Alles, mehr oder weniger höchst interessante Gespräche. So ein bisschen lerne ich auch vom Lauschen, während ich so tue, als wäre ich nur mit Schwimmen beschäftigt. Ich habe kein Wasser in den Ohren, da ich ja immer mit hocherhobenem Kopf schwimme und höre alles.

Wenn jemand dazu kommt, gibt es gegenseitige Begrüßungen:

„Moin", „Hallo Brigitte", „Schön, dass du da bist Amelie".

Und wenn jemand aus dem Wasser steigt, verabschiedet er sich angemessen mit einem „Tschüss, bis morgen".

Richtig, die meisten meiner Mitschwimmer kommen jeden Morgen hier her. Das finde ich bewundernswert. Eine Frau ist dabei, die mit über 89 Jahren die eifrigste Schwimmerin oder auch Plauderin ist.

Mir reichen zwei Vormittage in der Woche. Ich will ja nicht, dass meine Haut ganz weich wird, dann schrumpelt und sich vielleicht löst und davon schwimmt. Ist natürlich nur meine Ausrede vor mir selbst.

Mir gefällt die Truppe hier, auch wenn meine Anpassungsfähigkeit sich in Grenzen hält. Ich schwimme, sie laufen mit ihren Wassergymnastikgürteln durchs Wasser. Sie klönen, ich bin dafür zu schnell vorbei und zu weit von ihnen entfernt.

Sie kennen sich alle, ich kenne nur 2-3 von ihnen.

Aber in 3 Tagen bin ich wieder da um diese Kombination von Zusammensein und Sport zu konsumieren.

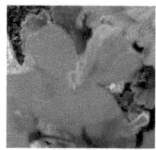

Juni

Vorhin stand ich an der Kasse meines Supermarktes, zückte mein Portemonnaie und wollte zahlen.

Ich gebe die Summe gern passend, denn warum sollte ich eine schwerer und dicker werdende Geldbörse mit mir herum schleppen, also muss das Kleingeld schnell den Besitzer wechseln. Dies umzusetzen erfordert zunehmend Zeit bei mir und wenn es zu lange dauert greife ich doch wieder zum Schein und vermehre so das schwere Wechselgeld. Ich habe mir schon angewöhnt mein Kleingeld anzusehen und abzuschätzen bevor es ans Zahlen geht. Aber wenn es denn so weit ist, lässt mich mein Gedächtnis wieder im Stich und ich muss zu lange überlegen und dann doch wieder nachzählen.

Dabei kann ich mich noch genau daran erinnern wie es war, als ich noch mitten im Leben stand, mit all den täglichen Anforderungen. Wenn da ein älterer Einkäufer stundenlang im Portemonnaie wühlte, um den passenden Betrag zusammen zu klauben, konnte ich schon einmal ungeduldig werden und vor mich hin brummeln: Man, man, man, ich habe hier nicht ewig Zeit.

Wenn ich heutzutage in dieser Situation geistig neben mir stehe, während ich die passende Summe abzähle, geht mein Blick auf die hinter mir Wartenden und ich sehe in ihre Gesichter. Gucken sie schon ungeduldig oder sind sie noch bereit zu warten bis ich endlich fertig bin?

Ähnlich ist es beim Autofahren. Du meine Güte, es sieht aus als lebten wir, besonders am Steuer, unsere ungesunden Vorurteile aus und ich schließe mich hier unbedingt mit ein.

„Mensch, gib doch mal Gas oder weißt du nicht, wo das Gaspedal ist?"

„Sicher wieder eine Frau am Steuer" und ich schäme mich im selben Moment als Frau für diese Gedanken, ehrlich!

„Man, Opa, schläfst du gleich ein?" und das ich, mit 70, die es strikt ablehnt von anderen Menschen, die nicht ihre Enkel sind, so bezeichnet oder angesprochen zu werden.

„Hast du gerade erst deinen Führerschein gemacht oder was?"

Dies sind ein paar Ausschnitte meines, wie ich zugeben muss, primitiven Geschimpfes hinterm Steuer, zum Glück vorwiegend, wenn ich alleine im Auto fahre. Da duze ich alle, da schimpfe ich verbal und laut und sage alles, was ich sonst niemals von mir geben würde.

Nun warte ich auf den Moment, wenn mich eine junge dynamische Autofahrerin überholt, danach über die rechte Schulter sieht um zu erkennen wer da am Steuer sitzt und ich sie denken höre: „Na klar, kleine weißhaarige Alte" Gas gibt und an mir vorbei rauscht.

Eben alles eine Frage der Zeit.

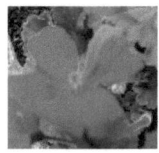

Juni

Man sagt, Schönheit liegt im Auge des Betrachters. Dies trifft auch ganz allgemein auf die Bewertung und Schätzung von Alter zu.

Für kleine Kinder sind die Großeltern uralt, ob sie nun 50, 60 oder älter sind.

„Meine Oma ist gaaanz alt" sagt ein kleiner Junge, der sogar noch eine Uroma hat die er dann wohl für steinalt hält.

Vor einigen Jahren wurden ältere Menschen von Jugendlichen als Gruftie bezeichnet. Das war schon harter Tobak. Aber aus ihrer Perspektive mag sich das so dargestellt haben.

Es gibt Veranstaltungen für sogenannte Oldies, welche Altersgruppe auch immer damit gemeint sein mag. Vielleich über 50? Wenn aus der Enkelgeneration jemand auf so einer Veranstaltung auftauchen würde wären die Reaktionen vielleicht nicht ganz so abfällig wie das Erscheinen eines „Oldies" in einer Disko. Oder doch?

Natürlich orientieren sich viele Geschmäcker z.B. bei Musik, Kleidung, Essen, Freizeit am Alter. Aber bei unserer so schön gemischten Gesellschaft kann man heute nicht mehr unbedingt davon ausgehen. Da täuscht der Anblick von hinten doch oft gewaltig über bestehende Tatsachen von vorne.

Man ist so alt, wie man sich fühlt. Auch eine dieser bekannten Weisheiten. Aber es stimmt natürlich. Wenn ein 100jähriger sagt „Ich will keinen Stock zum Gehen benutzen, den brauche erst, wenn ich alt bin" dann ist das eine extrem subjektive Sichtweise aber deswegen für ihn durchaus ok.

Das andere Extrem sind die Menschen, die sagen „ ich habe Rücken, Hüfte, Schulter, Beine, Herz usw." und übersehen bei ihrem Gejammer, das viele Funktionen eben doch noch ganz gut ausgeführt werden können. Ich glaube, diese Leute haben „ich hab Kopf" in ihrer Aufzählung vergessen.

Ein anderer schöner Spruch ist „ ich bin zwar schon 70, fühle mich aber wie 50. Allerdings nur ½ Stunde pro Tag."

Auch dieser Spruch hat etwas Wahres. Diese Metamorphose, die wir täglich durchmachen, hat etwas beflügelndes aber auch etwas deprimierendes, gerade noch jung wie ein Vogel in der Luft, im nächsten Moment aber alt wie ein Tattergreis. So viel Wandlungsfähigkeit ist in uns, ist das nicht schön?

Als ich in einem Kreis deutlich jüngerer Frauen erzählte, dass ich nun 70 geworden sei kam eine sehr mitleidige Stimme die sagte: „Ach du Ärmste." Was soll das denn, dachte ich, du musst nur lange genug durchhalten, dann kommst du auch von ganz alleine dahin.

Also ist Dankbarkeit wohl mehr angesagt als Bedauern, sonst sollten wir es so machen wie James Dean, Romy Schneider, Marylin Monroe und wie sie alle heißen. Die hatten ein kurzes, von Vielen bewundertes Leben. Aber was hatten sie selbst davon? Eindeutig keine Nachhaltigkeit.

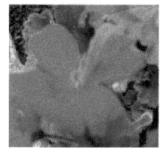

Juni

Nur weil ich schon 70 bin bedeutet dies noch lange nicht, dass mich die Zukunft nicht interessiert. Obwohl ich zugeben muss, dass ich mich dabei erwischt habe wenn es um langwierige Bauprojekte, wie z.B. den Bau der Küstenautobahn, geht, ich mir sage, die Fertigstellung erlebst du wohl nicht mehr. Und wenn doch, bist du zu alt um sie selbst mit dem Auto zu befahren.

Aber ansonsten mache ich mir durchaus Gedanken um meine, um unsere Zukunft, die Deutschlands, Europas und der Welt. Ich kann mich vor all diesen Größenordnungen nicht verstecken, denn sie begleiten mich täglich durch die Medien. Und generell habe ich auch nichts dagegen, auch wenn ich manchmal den bekannten drei Affen folgen möchte.

Nun habe ich mit einer Freundin das Problem Mobilität der Zukunft diskutiert. Wir haben beide Zweifel an den so stark propagierten Elektroautos, wenn auch aus verschiedenen Gründen. Ich halte das Ganze für Augenwischerei, denn die Dinger bewegen sich auch nur mit Elektrizität vom Fleck und die muss erst einmal umweltverschmutzend erzeugt werden. Das ist ein bisschen wie der Spruch: Wo kommt der Strom her? Aus der Steckdose. Aha!

Als meine Gesprächspartnerin dann das folgende Bild skizierte, fand ich die Kritik an der Elektromobilität von Autos noch weniger zukunftsträchtig. Sie sagte: Stell dir einmal vor, in einem Mehrfamilienhaus wohnen 10 Familien mit 12 Autos. Wenn die abends nach Hause kommen, wollen sie alle ihre Autobatterien aufladen. Jeder will an eine Steckdose. Ach, ist das ein schönes Bild und so gut vorstellbar, oder nicht? Wie soll das, bitte, gehen?

In einem späteren Gespräch sagte mir eine andere Bekannte, sie kenne jemanden, der seinen Strom fürs Elektroauto selbst erzeugt mit einer Solaranlage. Das ist ein vorbildliches Angehen des Problems aber bestimmt im Normalfall nicht umsetzbar. Wie denn auch. Hört sich alles wunderbar an, ist aber nicht massentauglich.

Diese Bekannte sagte auch, wir werden irgendwann dahin kommen, dass unsere Umweltprobleme und Zugänge zu Energierohstoffen dahin führen werden, dass der Besitz und die Nutzung von Autos unser kleinstes Problem sein wird. Die Vorstellung ist unschön aber es gibt einfach zu viele ungelöste oder sogar unlösbare Probleme. Insofern mag sie durchaus Recht haben.

In einer Fernsehdiskussion wurde geäußert, dass alles, was der Mensch erfindet oder fast alles, auch anschließend genutzt werden muss, egal wie sinnvoll oder blödsinnig es ist. Es ist neu, es muss toll sein, es muss beprobt werden. Angefangen von sog. künstlicher Intelligenz im Haus, die versagt, wenn die anweisende Stimme durch eine simple Erkältung krächzt, bis hin zu benzinschluckenden SUVs und all den anderen Dingen, die die Spielleidenschaft von uns Menschen fördert. Also, sollte man die Gehirnmasse von fähigen Leuten nicht für die Erfindung neuer Energiefresser einsetzen sondern für die Lösung aller wirklichen Probleme, die hinlänglich bekannt sind, sagte der Teilnehmer der Diskussionsrunde.

Autos von der Straße, intelligente alternative Verkehrsmöglichkeiten her ist der neue Denkansatz. Dann wären auch endlich unsere Garagen frei für die Dinge, die meist sowieso schon dort untergebracht sind, nämlich Gartengeräte, Hobelbänke, Fahrräder und ähnlich Dinge, die man im Wohnzimmer nicht lagern möchte.

Das alleine wäre schon ein überzeugender Grund, dass unsere schlauen Leute endlich an die Arbeit gingen, sich Lösungen überlegten und kreativ würden.

Macht den Weg frei für autofreie Garagen!

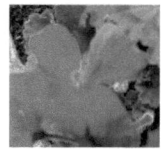

Juni

Wenn man Rentnerin wird sollte man einen Hausarzt/Ärztin haben der/die 20-30 Jahre jünger ist als man selbst. Ist das nicht der Fall und die bewährte Ärztin geht mit einem selbst in Rente oder etwas später, fängt das Problem an einen kompetenten Ersatz zu finden.

Ich will aber nicht suchen, ich will meinen Arzt behalten. Ich kenne ihn, evtl. kennt er auch mich, wenn ich oft genug bei ihm war. Ich will nur sie aber sie ist genauso alt wie ich und hat auch ein Recht auf einen wohlverdienten Ruhestand. Zumindest theoretisch.

So ist es mir ergangen, mein Hausarzt hatte sich einfach in den Ruhestand verabschiedet, ohne dass ich es bemerkt hatte, da meine Besuche selten sind und hat mich seiner Nachfolgerin überlassen. Das finde ich nicht fair von ihm, wie sich beim Besuch besagter Nachfolgerin zeigte, aber wer fragt hier schon nach Fairness?

Also bin ich zu seiner Nachfolgerin gegangen und das war in mehrfacher Hinsicht ein Fehler. Ich wollte nur zur Vorsorge gehen, hatte eigentlich keine Beschwerden. Ich hatte gehört, dass man das in meinem Alter von Zeit zu Zeit tun sollte. Da wird das Blut untersucht, der Urin nach Fehlinhalten erkundet. Und was hat man davon? Ergebnisse, die man gar nicht wissen wollte und ohne deren Erkenntnisse man vorher ganz gut gelebt hat.

„Ja, Ihre Cholesterinwerte sehen nicht gut aus, da sollten wir etwas tun."

Aha denke ich, so so.

Also Überweisung zur Prüfung der Durchlässigkeit meiner Halsschlagadern.

„Und Sie bekommen ein Medikament von mir und sollten Diät halten."

Was sie in diesem Zusammenhang unter Diät versteht befolge ich schon lange, weil es zufällig auch meinem Geschmack entspricht und ich einen denkenden Kopf besitze und eigentlich weiß, was gut für mich ist.

Auf etwas zusätzlichen Genuss werde ich allerdings nicht verzichten, denke ich, sagte es ihr aber nicht. Ich brauche Süßes zum Überleben und werde auf mein tägliches Stück Kuchen nicht verzichten. Und abzunehmen brauche ich auch nicht, mein Gewicht ist ok. Das musste meine Ärztin auch zähneknirschend zugeben.

Ein blutdrucksenkendes Medikament wurde auch noch gleich mitverschrieben. Nun reicht es mir erst einmal die von der Kasse bezahlten Vorsorgeuntersuchungen machen zu lassen und ich werde ab jetzt maximal 1xjährlich zur Blutkontrolle zu meiner Hausärztin gehen.

In der Zwischenzeit habe ich meinen Blutdruck gemessen und kam zu der Erkenntnis, die Medikamente zu halbieren, auch die zuständig für mein Cholesterin. Dies ist sicher nicht zur Nachahmung empfohlen aber frei nach dem Feministinnenmotto „mein Bauch/hier Körper gehört mir", habe ich dies für mich entschieden.

Nun musste ich wegen einer Grippe mal wieder zu meiner Ärztin und sie hat routinemäßig gleich den Cholesterinwert überprüft. Ich muss hier erwähnen, dass meine neue Ärztin in ihrem Arzt-Patienten-Gespräch mehr ihre eigenen Probleme als die des Patienten reflektiert, was recht irritierend und ungewöhnlich ist. Es dauert also immer ein paar Minuten, bis man ihre, immer noch geteilte, Aufmerksamkeit erhält.

Ich erzählte ihr also von den neuen, von mir selbst verordneten Dosen.

Sie guckte mich verdutzt an, haute mit der flachen Hand auf ihren Schreibtisch und sagte: „Immer kommen die Leute nur, wenn sie etwas haben und handeln sonst eigenmächtig."

Ehrlich, was ist daran falsch, fuhr es mir durch den Sinn.

Dann fing sie sich, guckte auf den neuen Cholesterinwert und die Blutdruckwerte und musste zugeben, dass alles ok und meine Entscheidung nicht zu beanstanden war. Das sagte sie zwar nicht so direkt aber sie bestätigte meine neue Dosierung.

„Kann ich sonst noch etwas für Sie tun?"

Ich schüttelte den Kopf. Sie senkte den ihren gen Schreibtisch und ich war entlassen. Das Ganze dauerte etwa 8 Minuten und ich dachte: Ich will meinen alten Hausarzt wieder haben. Der hat sich auf mich konzentriert und mir nichts über sich selbst vorgejammert.

Andererseits war ich dann froh wieder auf der Straße zu sein ohne mir neue Krankheiten eingehandelt zu haben und hoffte, dass ich erst in einem Jahr wieder hier auftauchen müsste.

Ich will nämlich diese Batterie von Pillen nicht verordnet bekommen, mit denen meine Altersgenossinnen wetteifern. Schon mein Vater, Jahrgang 06 hat uns Kindern immer vorgeführt, dass und wie man 10 Pillen auf einen Streich schlucken konnte, der Held!

Also versuche ich der Arztpraxis fernzubleiben um nichts zu entdecken, was sich nur durch dumme Blutwerte herausstellen sollte und komme nur, wenn ich Beschwerden festgesellt habe. Auch wenn meine Ärztin dieses Verhalten von mir doof findet und ich „nur komme, wenn ich etwas habe."

Übrigens, mein Zahnarzt hat mir gerade mitgeteilt, dass er nächstes Jahr aufhört zu praktizieren. Ich habe ihm gesagt, dass das nun wirklich nicht ginge, schließlich seien wir zusammen alt geworden, da kann sich nicht einfach einer von uns davonschleichen.

„Sie müssen bleiben, bis ich keinen Zahnarzt mehr benötige" hab ich ihm gesagt.

Er hat nur gelächelt.

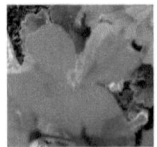

Juni

Machen Sie den Test. Wie jung sind Sie? Wie jung wirklich?

So oder ähnlich springt es uns von überallher an. Zumindest wird man im Alter noch gesiezt, was einmal mehr bedeutet, dass Ikea &Co. mehr für junge Leute gedacht ist.

Gemessen am Anteil der Artikel in Zeitschriften und der Werbung, nehmen wir Älteren schon einen enormen Raum ein. Tipps für den Bauch, den Po, die Beckenmuskulatur und nicht zu vergessen für Hals- und Gesichtsbereich weiter oben und das Gehirn ganz oben. Es wird alles bedacht. Soviel Aufmerksamkeit, womit haben wir das verdient?

Naja, ich gebe zu, wenn mich ein Mitmensch jünger einschätzt als ich wirklich bin, dann streckt sich auch mein Rücken unwillkürlich und ich will mich bestimmt nicht vorsätzlich älter machen als ich bin aber ein bisschen überbewertet wird das Ganze schon.

Haben Sie schon einmal von Coolsculpting gehört? Ich bis gerade eben auch nicht. Aber nach einem Blick in meine Fernsehprogrammzeitschrift fühle ich mich auf den neusten Stand der Dinge gebracht. Hierbei werden durch eine Kältetherapie oberflächliche Fettzellen vereist, bis sie absterben. Ob man dabei vor lauter Kälte anfängt mit den Zähnen zu klappern weiß ich nicht. So genau wird die Prozedur nicht beschrieben. Aber angeblich wirkt man anschließend jünger. Ob das auch innwendig funktioniert? Meine Fettzellen liegen meines Wissens nach eigentlich etwas tiefer.

Oder Vampir-Lifting. Das hört sich doch toll an, oder? Hier wird man mit seinem eigenen Blut im Gesicht verjüngt. Ich weiß nicht, ob das Blut äußerlich aufgeschmiert wird oder ob man es schlürfen muss. Beide Vorstellungen finde ich ehr etwas abstoßend.

Hier liegt für die Forschung noch ein gewaltiges Feld offen sich zu erproben und zu beweisen und sich uns zu erklären.

Dann gibt es da die diversen Fragebögen in den bekannten Printmedien um eine abschließende Beurteilung zu seinem eigenen Alter erhalten zu können. Diese sind oft so vordergründig abgefasst, dass man sich veralbert vorkommen muss, würde man diese ernsthaft beantworten.

Da steht z.B.: Essen Sie lieber Fast-Food, Fleisch und Kartoffelchips statt Fisch, Gemüse und Obst?

Also, soweit bin ich noch nicht aus dieser Welt gefallen, dass ich dazu eine seriöse Aussage machen möchte, ehrlich!

Ich muss einmal mehr feststellen, dass die Gruppe der Rentner ein großes volkswirtschaftliches Gewicht hat. Was wären die Physiotherapeuten, viele Ärzte, Alterspfleger, Alterforscher, Ernährungsberater, Krankenhauspersonal, Sanitätshäuser, Zeitschriftenverlage, Reiseunternehmer usw. ohne uns? Wir sind ihr tägliches Brot. Naja, ich gebe zu, es herrscht gerade ein gewaltiger Personalmangel in fast alle diesen Berufen.

Aber das kann ja wohl kein Grund sein uns Rentner nicht gut zu versorgen, oder? Vielleicht sollten wir uns gegenseitig helfen. So könnte es nach dem Vorbild „ eine Tagesoma für mein Kind" nun heißen „ eine Oma für die noch ältere Oma". Das wäre eine neue Berufssparte und es würde für die gesorgt, die mit ihrer Energie nicht wissen wohin und für die, die unversorgt bleiben müssten, wegen Pflegekräftemangels.

Insgesamt muss ich feststellen, dass wir Älteren mehr umworben werden als die Jüngeren, die für unsere Renten sorgen. Das könnte man durchaus auch als unfair bezeichnen. Aber Geld stinkt eben solange nicht, wie man weiß wo es zu holen ist.

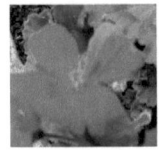

Juni

Wenn ich mir die Nachrichten im Radio anhöre oder sie mir im Fernsehen noch anschaulicher und visuell erschreckender vor Augen geführt werden, dann könnte ich denken, die Welt bestünde nur aus Elend, Not und Leid. Das geht sicher vielen Menschen so, was alles nicht schöner macht.

Deswegen habe ich mir heute verordnet eine Gegenmaßnahme einzuleiten und mir schöne Dinge vorzustellen oder auch für mich umzusetzen. Nun ist es sehr unterschiedlich, was jemand als schön, erstrebenswert, angenehm, wohltuend empfindet.

Der/die eine freut sich auf ein Fußballspiel, was natürlich am Ende zu einem Katzenjammer führen kann oder eben zu Jubel und Euphorie. Andere Menschen erleben einen schönen Urlaub, auf den sie sich lange gefreut haben. Wieder andere freuen sich darauf alte Freunde nach langer Zeit einmal wieder zu treffen. Es gibt so viele schöne Dinge, die man planen und erleben kann und die durch Vorfreude als auch Erlebnisfreude gute Stimmung hervorrufen können.

Ich habe mir für heute etwas ganz anderes vorgenommen und hoffe auf ein gelungenes Erlebnis. Ich will Rhabarberkuchen backen. Es gibt, nicht weit von uns entfernt, ein Café, das für seinen Rhabarberkuchen weithin bekannt ist. Dieser Kuchen in Ehren, ich finde meinen Kuchen besser und wohlschmeckender.

Also habe ich mir einige Freundinnen eingeladen und werde für uns backen. Rhabarber ist im Garten, ich mache mich ans Werk.

Das Rezept ist eigentlich idiotensicher und ich bin mit dem Ergebnis zufrieden. Nun hoffe ich, dass es meine Gäste auch sein werden. Der Tisch wird nett gedeckt, Blumen dürfen nicht fehlen. Die Schlagsahne wird geschlagen (die Arme, was für ein Ausdruck!), denn sie ist unverzichtbar für diesen Kuchen.

Wir verbringen alle einen unterhaltsamen Nachmittag, der Kuchen schmeckt, Tee und Kaffee wahlweise auch. Was will ich mehr!

Mit diesem Beispiel möchte ich nur ausdrücken, dass ich mit kleinen Dingen versuche die schrecklichen und großen Katastrophen dieser Welt zu kompensieren, zumindest in meiner kleinen Welt und für mein Wohlbefinden und das meiner Gäste.

Und das macht jeder auf seine Art. Wie soll man das sonst alles aushalten?

Mein Kind sagte mir vor kurzem:

„Mama, du könntest langsam mal anfangen deine Sachen zu sortieren und einiges wegwerfen. Sonst müssen wir das nachher machen."

Was mein Kind damit meinte war, wenn du gestorben bist muss ich mich nicht nur von dir verabschieden, sondern auch von deinen Sachen, die muss ich dann auch entsorgen.

Das war direkt und ohne alle Umschweife. Aber kann ich es meinem Kind wirklich übel nehmen? Da sind tatsächlich so viele Dinge, die nur für mich allein von Bedeutung sind. Aber muss ich mich deswegen schon vor meinem irdischen Ende auf ein Minimum reduzieren, nur damit meine Nachkommen weniger Zeit darauf verschwenden müssen?

Mein anderes Kind wirft klammheimlich hinter meinem Rücken Sachen von mir weg, von denen es meint, dies und das wären wohl doch übertriebene Ergebnisse meiner Sammelleidenschaft. Es sind tatsächlich keine wertvollen Dinge, die auf diesem Weg im Müll landen. Aber etwas mehr Respekt hätte ich mir doch gewünscht!

Und mein Kind meint auch, dass ich diese heimlichen Aktionen nicht bemerke. Da irrt es sich aber gewaltig.

Dabei habe ich schon ein sehr viel weniger hamstermäßiges Verhalten als meine Großmutter es betrieben hatte, die in der sog. schlechten Zeit jeden Fadenschnipsel aufbewahrte und jedes Backpulvertütchen glattstrich und in die Schublade legte. Man kann nie wissen wofür man gerade dieses Überbleibsel noch einmal gebrauchen könnte und dann hätte man es nicht. Das könnte sich als furchtbarer Fehler erweisen, im Falle eines Falles.

Aber vielleicht sollte ich meinen Kindern da doch etwas entgegen kommen und zumindest die Sachen aussortieren, von denen ich mich ohne Verlustgefühle trennen kann. Ich habe die besten Vorsätze und schreite zur Tat.

1. Haufen: definitiv weg.

2. Haufen: definitiv aufbewahren.

3. Haufen: unentschlossen, muss ich noch darüber nachdenken.

Der 3. Haufen ist ein unverzeihlicher Fehler. Was da hinein gerät bleibt für unbestimmte Zeit in meinem Besitz und kommt frühestens in einem Jahr bei einem ähnlichen Versuch in eine erneute Begutachtung.

Aber immerhin, ich bin stolz über Haufen Nr.1 und bringe alles was da gelandet ist schnell in Richtung Tonne, um nicht erst wieder Zweifel aufkommen zulassen. Auf dem Weg dahin fällt mir aber ein, wegen der sogenannten Nachhaltigkeit könnte man, ich betone könnte man, ja auch noch nach Jemandem suchen, der Dieses oder Jenes noch gebrauchen könnte. Da wäre die Diakonie als Abnehmer für den kleinen Schnickschnack. Aber die Bienenkerzenreste, tja, was könnte man damit machen? Und da ist bedrucktes Papier, das noch eine unbedruckte Seite hat……. usw. Und all die Bücher, in die ich nicht mehr hineinsehen werde, die aber zu meinem Leben untrennbar dazu gehören. Sie verstehen mein Dilemma jetzt bestimmt.

Es ist so schwer sich zu entscheiden. Bestimmt nicht bei allen Sachen aber bei den meisten. Ich gebe zu, ich bin eine Hamster- und Sammlernatur. Ich werde mich irgendwann in naher Zukunft entscheiden müssen ob ich meinen Kindern schon jetzt ein späteres Aufräumen meiner Hinterlassenschaften erleichtern will oder lieber der Vorstellung einer fremddurchgeführten Entrümpelung ins Auge sehen möchte.

Ich will keines von beidem.

Ich lebe doch noch!!

Da erwische ich mich doch glatt dabei das Licht einzuschalten, statt das Radio, was eigentlich meine Absicht war.

Ein anderes Mal drehe ich mich zweimal um mich selbst, bevor ich in die Richtung marschiere, in der ich etwas erledigen will.

Diese kleinen Alltagserlebnisse kennt jeder. Da gibt es die Klassiker: Portemonnaie im Kühlschrank wiedergefunden (huch, wie kommt das denn da hin?) oder Schlüssel zufällig im Schrank zwischen der Unterwäsche entdeckt (da habe ich natürlich nicht gesucht). Die Liste ließe sich unendlich fortsetzen.

Ich habe da noch einen ganz speziellen Fundort einer verbürgten Begebenheit. Der Zweitschlüssel eines Autos war unauffindbar verschwunden. Obwohl ein erprobtes Indianerauge überall gesucht hatte blieb das Ding einfach irgendwo versteckt. Wer weiß, wie teuer es ist so einen elektronischen Schlüssel nachmachen zu lassen, der versteht die darauf folgende Verzweiflung.

 Aber dann, als das Schilf um den kleinen Gartenteich abgemäht wurde, was einmal jährlich passiert, was glänzt dort am Boden? Ich brauche wohl nichts weiter dazu zu sagen. Wie er dorthin gekommen war hat der Schlüssel für sich behalten. Eine Elster, ein menschliches Wesen oder der Besitzer selbst in einer umnachteten Aktion? Ist auch egal, der stark vermisste Gegenstand war wieder da. Erleichterung!

Solche Dinge passieren unser ganzes Leben hindurch.

Wenn man älter wird stellt man sich aber selbst enorm unter Selbstbeobachtung. Hinter jedem, noch so kleinen Vorfall wird Alzheimer, Demenz oder zumindest altersbedingte aber unliebsame Vergesslichkeit vermutet. Gestern ist mir das und das passiert und heute schon wieder diese Schussseligkeit. Da ist doch etwas nicht in Ordnung mit mir!

Wenn ich dann aber mit übersensibilisierter Beobachtungsgabe die Mitalten um mich herum beäuge, dann denke ich: So, so, die baut aber auch schon ganz schön ab – oder, der ist aber auch alt geworden. Ach, tut das gut!

Trotz dieser kleinen Momente der Schadenfreude registriere ich jedes missglückte Verhalten von mir und analysiere es: Ist das der Anfang?

Warum setzte ich mich so unter Druck? Es ist sicher die Angst vor dem, was die Zukunft für mich bringen mag, wie selbstbestimmt und bewusst ich die nächsten Jahre erleben werde. Aber gilt das nicht für jedes Alter?

Ein Kind mag morgen einen Unfall haben, ein Erwachsener eine schlimme Krankheit, wir wissen es nicht. Obwohl mir dies bewusst ist habe ich beim Älterwerden zunehmend Angst vor dem Verlust meiner Selbstbestimmung und Selbstverwaltung und eines eventuellen Persönlichkeitsverlustes. Selbst nur als Hypothese, es muss ja nicht zwingend eintreffen, ist es beunruhigend diese vermeintlichen Anfangssymptome an sich zu beobachten. Aber man kann sich der Tatsache nicht verschließen, dass die Wahrscheinlichkeit des geistigen Abbaus mit fortgeschrittenem Alter zu- und nicht abnimmt.

Der körperliche Verlust einer ehemaligen Straffheit ist auch kein Anlass zur Freude. Wie gut, dass wir keine hüllenlosen Wilden sind, ein wunderbarer Trost.

Das Leben ist und bleibt ein Risiko und zwar in jedem Alter. Vielleicht nimmt diese Erkenntnis ein wenig von meinem Druck und meinem Zweifel weg und ich höre auf hinter jeder noch so kleinen Dämlichkeit den Beginn von etwas Schrecklichem zu vermuten.

Juli

Dieser Sommer macht seinem Namen alle Ehre. Rudi Carel wäre stolz.

Der letzte war alles andere als ein Sommer aber dieser hat es in sich. Seit Wochen an jedem Morgen ein blauer Himmel, einfach unschlagbar.

Auch die Temperaturen halten sich an die Vorgabe „Sommer". Nur die Bauern beschweren sich, was man einerseits verstehen kann, was andererseits enttäuscht hätte, wenn es nicht so wäre. Denn die Bauern machen dies schon notorisch vor der Ernte, rein prophylaktisch.

Die meisten Mitbürger sind zufrieden, nur die kreislaufgenervten und die ewigen Nörgler haben etwas gegen diesen Sommer und natürlich die Klimaforscher. Obwohl die Temperaturen außergewöhnlich hoch sind und das seit vielen Wochen, sind die meisten Menschen zufrieden. Die Rasen sind braun statt grün, das Wasser in den Seen und Flüssen wird knapper aber ein Sommer ist eben ein Sommer und kein winterlicher Abklatsch.

Ich bin mit meinem Fahrrad unterwegs, auch das eine Sache, die ich in vollen Zügen genieße, jeden Tag, solange, wie dieser Sommer ein Sommer ist. Ich mache einige Besorgungen und denke dabei, ein Eis wäre jetzt die Krönung des Tages. Aber alleine schmeckt ein Eis in der Eisdiele nur halb so gut wie in Gesellschaft.

Ich greife nach meinem Handy und sende WhatsApps an alle Leute, die ich kenne und die von meinem momentanen Standpunkt aus um die Ecke wohnen.

Nach und nach kommen die Antworten.

„Bin gerade beschäftigt, ein anderes Mal."

„Gute Idee aber ich bin nicht zu Hause. Morgen vielleicht?"

„Habe mir gerade ein Eis aus dem Eisschrank geholt. Zu spät."

Ich bin enttäuscht, dabei hatte ich es mir so nett vorgestellt und mir schon überlegt, welche Sorte Eis ich bestellen würde. Ich bin eigentlich auf Spaghettieis abonniert. Obwohl es wunderbare Eisbecher gibt, ich bestelle nach gründlichem Überlegen immer wieder Spagehttieis. Ich kann mich noch genau daran erinnern, als ich es zum ersten Mal aß. Eine Freundin hatte mich zum Eis essen eingeladen und fragte ob ich Spaghettieis schon einmal probiert hätte.

„Was?" fragte ich „Spaghettieis, was soll das denn sein? Nein, habe ich noch nie probiert und irgendwie ist mir auch nicht nach kalten Spagetthis." Meine Phantasie ist eben manchmal etwas begrenzt.

Meine Freundin lachte nur und bestellte 2 Portionen. Für mich das Erste einer langen Reihe.

Mit meinen Enkeln gehe ich auch sehr gerne Eis essen. Nur sehe ich sie nicht sehr oft und noch seltener bei so wunderbarem Wetter.

Ohne es zu bemerken schiebe ich mein Rad in Richtung Eisdiele, obwohl ich alleine gar nicht dorthin gehen möchte. Ich möchte einfach ein Eis in Gesellschaft genießen.

Ein Wunder, ein Wunder, an meinem Lieblingstisch sitzt schon jemand ganz alleine und ich kenne die Person. Ich trete an den Tisch und frage:

„Ist der Platz noch frei?"

Sie sieht auf, guckt mich an und lächelt.

„Oh, wie schön, dann muss ich ja doch nicht alleine hier sitzen."

„Genau das, was ich gerade gedacht habe."

„Los, setz dich hin."

Exakt das habe ich vor und mache es mir in dem Sessel bequem. Alle Tische sind besetzt und nur hier ist noch ein Platz für mich frei.

Wie immer greife ich nach der Eiskarte und fühle mich vollkommen offen in meiner Wahl und fest entschlossen dieses Mal etwas anderes zu bestellen als Spagettieis. Wirklich, ich bin extrem entschlossen dazu!

Ich sehe die schönen Bilder an, finde alles erstrebens- und bestellenswert. Da gibt es Fruchtbecher, Schokobecher, Joghurtbecher, Nussbecher, alles wunderschön dekoriert und ich bin versucht alles nacheinander zu bestellen.

Dann kommt der Kellner. Und was bestelle ich?

Ein Spagetthieis, bitte. Es leben die Routine und der Einfallsreichtum!

Juli

Es gibt Menschen, die laufend sich und anderen beweisen müssen, dass etwas   n i c h t funktionieren wird. Sie wissen schon immer vorweg, dass dies und das nicht gelingen wird, nicht gelingen kann. Das sind die Berufspessimisten.

Vielleicht machen diese Berufsmiesepeter ihre Vorhersagen nur, um sich selbst vor eventuellen negativen Ergebnissen zu schützen. Dieser vorbeugende Selbstschutz birgt natürlich schon in sich ein großes Potential zum Scheitern, weil beim kleinsten Anzeichen von Hindernissen die Flinte ins Korn geworfen und keine weitere Anstrengung mehr gemacht wird, um das Blatt zu wenden. Im Englischen heiß das: Self -fullfilling prophecy. Das bedeutet, dass sich eine Vorhersage durch sich selbst erfüllt.

So kann man nicht leben, finde ich, das zieht einen in die Tiefe und hat einen Negativeinfluss auf die Berufspessimisten und ihre Familien und Freunde. Sie erfahren so immer wieder Rückschläge und machen wenig positive Erfahrungen im Leben.

Das kann so weit gehen, dass, um hier die Verbindung zum Alter wieder herzustellen, diese Menschen meinen in der vielzitierten Altersarmut zu landen, wie absurd dies in ihrer speziellen Situation auch sein mag. Und das bei einer regelmäßig ausgezahlten Rente oder Pension, die weit über der Grundsicherung liegt.

Ein unsägliches Wort, Altersarmut. Wobei ich absolut nicht bezweifle, dass viele Menschen damit zu kämpfen haben, sowohl im erwerbsfähigen Alter als auch im Rentenalter. Und dass hier wieder mehrheitlich Frauen betroffen sind steht außer Zweifel.

Aber warum müssen einige Menschen sich panisch auf diesen Begriff beziehen, die maximal im Vergleich mit Bill Gates, Abgeordneten in Brüssel oder den Millionären dieser Welt in einer gewissen Armut leben? Es ist ein Alibi für die Negativdenker und alles eine Frage der Perspektive.

Selbst ein Millionär hat Angst um seine Pfründe, denn er könnte sich ja verspekulieren, der Arme. Also muss er/sie den Staat über die Steuern betrügen, dass es nur so kracht. Ich entschuldige mich an dieser Stelle bei allen, die ihrer Steuerpflicht nachkommen und die ich absolut nicht meine. Aber die Zumwinkels dieser Welt verderben die Preise.

Was treibt all diese Menschen mit ihrem Selbstmitleid, im Kopf die Altersarmut und gleichzeitig im Blick die Mehrverdiener, anstatt den Vergleich mit denen zu suchen, denen es tatsächlich sehr viel schlechter geht?

Ich weiß wovon ich spreche, ich kenne diese bedauernswerten Teufel, die immer das Schlimmste befürchten und niemals das Beste erwarten und dies auch übersehen, wenn es denn eintrifft.

Natürlich sind wir alle verschieden. Aber es ist durchaus möglich einmal neben sich zu blicken und wahrzunehmen, wie andere Menschen durchs Leben gehen, die eine positive Lebenseinstellung haben. Denen geht es nämlich psychisch und auch physisch viel besser. Ein bisschen Selbsterkenntnis würde hier helfen.
Hochleben sollen die Zufriedenen dieser Welt, die wissen, dass es ihnen recht gut geht und vielen anderen sehr schlecht. Wie schon erwähnt, es ist alles eine Sache der Perspektive.

Wenn wir gesund sind, unser Auskommen haben, Freude am Leben, Menschen um uns, die unser Leben teilen, dann relativiert sich die Frage ob viel Geld oder weniger Geld zur Verfügung steht und Altersarmut trifft dann nur noch auf die Menschen zu denen es an den oben erwähnten Dingen mangelt.

Juli

Ich laufe nicht mehr in der Spur. Ich fühle mich etwas aus derselben geworfen.

Dabei geht es eigentlich um gar nichts Gravierendes, zumindest von außen betrachtet. Aber es hat mich ja auch innerlich erwischt und aus der Bahn geworfen.

Ich war heute zum Hörtest. Den hatte ich vor einem Jahr schon einmal machen lassen, mit dem Ergebnis, dass es noch nicht Zeit für ein Hörgerät sei. Meine Mutter und meine Großmutter waren beide in höherem Alter zunehmend schwerhörig gewesen. Deswegen mein Weg zum Hörstudio.

Aber heute war das Ergebnis eindeutig, zumindest nach der Aussage der Hörgerätetechnikerin oder wie auch immer die richtige Berufsbezeichnung lautet.

„Ich empfehle Ihnen, einmal ein Gerät auszuprobieren, damit Sie den Unterschied feststellen können."

Nun ist meine Frage natürlich, wie wichtig ist es der Frau eine neue Kundin auszurüsten oder wie weit kann ich ihr vertrauen.

Was mich aber viel mehr getroffen hat ist die Tatsache, dass dies etwas Bleibendes sein würde, etwas, das nicht wieder weg ginge. Ich hatte im letzten Jahr eine Hüftoperation. Da sah die Zukunft rosig aus, denn mit einer neuen Hüfte hatte sich mein Zustand verbessert.

Als ich vor 10 Jahren zur Brillenträgerin wurde habe ich mich damit getröstet, dass ich nun vielleicht endlich etwas schlauer aussehen würde. So kann ich mich mit einem Hörgerät nicht trösten. Und meine Mutter hatte erst eines als sie schon so richtig alt war, also von meiner Warte aus betrachtet. So alt bin ich noch lange nicht.

Was mach ich nur, was mach ich nur? Es stemmt sich in mir alles gegen das Tragen so eines Dinges. Und von der Zuzahlung zu einem Supergerät will ich gar nicht erst anfangen, denn dann sinkt meine Motivation auf Total- Null, wenn ich mir diesen Begriff einmal erlauben darf.

Wie kann es angehen, dass mir so ein kleines Gerät solche Angst macht, mich so in ein Unbehagen hinein zieht?

Ich glaube, ich werde erst einmal um mich herum gucken, wer alles mit so einem medizinischen Wunderwerk ausgerüstet wurde. Dann werde ich sehen, wie das Zahlenverhältnis ist zu denen ohne. Dann werde ich mir eine zweite Meinung einholen und positiv zu denken versuchen, vielleicht war das Testgerät kaputt oder da hatte sich ein Insekt in die Verbindung eingeschlichen oder so etwas ähnliches. Die Hoffnung ist langlebig.

Aber wenn ich doch in den sauren Apfel beißen muss um am Geschehen um mich herum besser teilnehmen zu können und nicht laufend dümmlich lächeln zu müssen, weil ich mal wieder etwas nicht verstanden habe es aber nicht zugeben will. Ja, was dann?

Und was kommt als Nächstes? Ich will mir das lieber gar nicht vorstellen und versuche der Zukunft die Stirn zu bieten.

Gestern traf ich einen alten Nachbarn, der mit Hilfe eines Rollators ging. Er war auf der anderen Straßenseite und ich rief zu ihm hinüber:

„Hallo Willi, wie geht's?"

„Danke geht so", sagte er, „wir kämpfen weiter."

Er machte nicht einmal eine kurze Pause bei seinem Marsch, sondern ging langsam aber stetig weiter.

Vielleicht ist das die Lösung. Wir kämpfen weiter, vielleicht ein bisschen mehr akzeptieren als kämpfen.

Es gibt im Leben immer normale Tage, die niemals gleich aber doch oft ähnlich ablaufen und dann sind da Tage, die kleine oder große Höhepunkte im Leben sind.

So ein Tag war gestern. Ich würde ihn im Nachhinein zwischen kleiner und größer ansiedeln, was das Außergewöhnliche anbetrifft.

Ich habe mit einer Gruppe von Bekannten einen Tagesausflug nach Spiekeroog gemacht. Obwohl ich schon oft auf der Insel war ist es immer wieder ein neues Erlebnis einen Tag dort verbringen zu können.

Erst einmal ist da der Umstand, dass die Insel frei ist von Autoverkehr. Das an sich hat schon einen großen Erholungswert. Dann ist man auf einer solchen Insel einfach „weg von der Welt", soll heißen man fühlt sich entfernt, nichts Unvorhergesehenes kann über einen hereinfallen. Auch wenn das heute nicht mehr ganz stimmt, denn die Erreichbarkeit übers Handy ist durchaus gesichert. Aber das Gefühl breitet sich innerlich aus: Einfach weit weg und allem entronnen.

Da das Erreichen der Insel tidenabhängig ist, sollte man sich einen Tag aussuchen, an dem ein großer Abstand zwischen Hin-und Rückfahrt liegt. So einen Tag hatten wir erwischt.

Nach der Ankunft auf der Insel gehen wir erst einmal ins Dorf und haben dort eine kleine geführte Tour. Dann teilen wir uns in kleinere Gruppen auf. Ich bin in einer 5.er Gruppe, eine überschaubare Anzahl, die den weiteren Verlauf des Tages erleichtert, weil man nicht an jeder Kreuzung lange und kontrovers beratschlagen muss wohin wir nun alle laufen wollen. 5 Leute einigen sich unkomplizierter und schneller als 15.

Wir marschieren durch die bewachsene Dünenlandschaft, gehen auf einen Aussichtspunkt, von dem aus die ganze Insel, die vorher recht endlos erschien, im wahrsten Sinne des Wortes überschaubar wird. Der Himmel ist eintönig grau, es ist für die Jahreszeit kühl (aber wann ist das Wetter schon einer Meinung mit dem Kalender?) und es geht ein kräftiger Wind. Auf unserem Weg kommen wir in das Nationalparkhaus, in dem das Walskelett eines hier gestrandeten Wals ausgestellt ist und wo wir im Restaurant eine Kleinigkeit esen.

Inzwischen regnet es draußen und das ist dann glücklicherweise für den Rest des Tages alles was feucht von oben kommt. Wir haben wirklich viel Glück.

Dann gehen wir hinunter zum Strand. Dieser Strand ist einfach unbeschreiblich in seiner Größe und seiner Sandqualität, weiß und feinkörnig. Und der Strand ist fast menschenleer. Wir gehen rückwärts gegen den Wind gelehnt, mit kindlich ausgebreiteten Armen. Jemand hebt Muscheln auf und inspiziert sie. Es liegen einige Quallen da, die es nicht geschafft haben vor der Ebbe mit dem ablaufenden Wasser ins Meer zu fließen. Sie haben wohl keine Überlebenschancen und machen auch keinen besonders vitalen Eindruck mehr.

Im großen Bogen gehen wir über den Strand, durch die Dünen zum Dorf zurück. Auf der Tour am Anfang unseres Inselaufenthaltes hatten wir die alte Dorfkirche besichtigt, 1696 erbaut und jetzt am Ortsrand sehen wir uns die sehr moderne Kirche an, 1970 erbaut. Beides schöne Exemplare für Kirchensammler, ich ehr ein Kirchenbanause, finde trotzdem beide Kirchen sehenswert.

Und wir sehen uns das Künstlerhaus von außen an, denn es ist nicht mehr zugänglich. Erbaut als Geschenk für die Insel 2007 von dem Ex-Reeder Niels Stoltenberg, bis sein geschäftliches Leben zusammenbrach und nun ohne Erhaltungsfinanzierung einem unbekannten Schicksal überlassen. Das ist traurig, denn es steht seit 2011 leer, obwohl es wohl einen Käufer gegeben hatte aber über diese Geschichte und die Zukunft des Künstlerhauses wissen wohl nur Eingeweihte Bescheid, wenn überhaupt jemand die

Zusammenhänge durchblickt. Das Gebäude verfällt und entspricht sicher nicht dem, was sein Planer, Erbauer und Spender einmal gewünscht hatte.

Im Dorf zurück essen wir alle ein Eis aus einer duftenden großen Eistüte, die in ihrer Konsistenz so fest, knusprig und frisch ist, dass kein Eis durch die Spitze tropft. Einfach eine leckere Verpackung!

Nach süß kommt bekanntlich deftig, alle müssen sich nun noch ein Fischbrötchen genehmigen, Futterneid hat damit natürlich nichts zu tun, es ist einfach ein Tag an dem man Unübliches einfach tut. Nur einer von uns ist gerade in einer Zahnbehandlung und somit ungewollt auf Diät. Er tut uns zwar allen leid, aber nur verbal, deswegen verzichten wir natürlich nicht auf den herzhaften Biss ins Brötchen. Er bestellt sich einen Kaffee und fühlt sich nicht mehr ganz so ausgeschlossen.

Wir schlendern zurück zum Anleger, auf die Fähre und dem Ende des Tages entgegen.

Die Welt hat uns wieder und wir sie.

August

Heute ist der 8.8. In diesem Jahr ein wichtiges Datum für die Keksindustrie.

Denn ich habe heute einen interessanten Artikel in meinem Lokalblatt gelesen.

Die ersten Lebkuchenherzen wurden in einem bayerischen Supermarkt gesichtet. Nun sind Lebkuchenherzen für mich absolut mit Weihnachten verbunden. Das mag bei anderen Menschen anders sein, die haben vielleicht ihre Lebkuchenherzen vom letzten Weihnachtsfest im August endlich aufgegessen und sich so daran gewöhnt und sind süchtig danach geworden, sodass sie unbedingt weiter davon genießen wollen. Die benötigen sicher frischen Nachschub. Es soll ja auch Menschen geben, die sich das ganze Jahr über nicht von ihrer Weihnachtsdekoration trennen können. Es sei ihnen gegönnt, wenn es sie denn glücklich macht und sie uns andere verschonen daran teilhaben zu müssen.

Andererseits haben wir das ganze Jahr über Zugang zu Erdbeeren oder Spargel, zu Papayas oder Avocados oder anderen Früchten aus fremden fernen Ländern, die per Flugzeug oder mit komplizierten Kühltechniken per Schiff zu uns kommen. Gelobt sei, was schwach macht! An diesen Transportproblemen gemessen sind lokale Lebkuchenherstellung und andere Weihnachtsleckereien, so lange vor dem dazugehörigen Fest, eigentlich gar kein Grund sich gefühlsmäßig zu erhitzen.

Und doch war ich leicht irritiert. Aber nur ganz leicht, denn es ist schon seit vielen, vielen Jahren Brauch, dass Ostereier, Weihnachtsgebäck usw. in jedem Jahr früher in den Läden auftauchen.

Und das ist jeweils das Datum, an dem diese Dinge in den Handel kommen. Ich möchte meiner Phantasie gar keinen Raum dafür lassen, wann diese leckeren Dinge hergestellt wurden. Haben Sie darüber schon einmal nachgedacht? Vielleicht besser nicht.

Wie müssen diese Lebensmittel behandelt werden, um so lange knackige Frische oder weiche Knackigkeit behalten zu können? Werden sie bestrahlt? Werden sie luftleer verpackt? Bekommen sie Haltbarmacher zugefügt? Darüber habe ich noch nie einen Bericht gelesen, vielleicht aber auch einfach nur übersehen. Aber es kommt mir alles recht „spanisch" vor, wie man im Deutschen so sagt. (Wissen die Spanier eigentlich, dass sie für so ein Unverständnis herhalten müssen? Im Englischen sagt man „double dutch" auch nicht ganz fair den Niederländern gegenüber.)

Natürlich wissen wir alle, dass die dauernde Verfügbarkeit vieler Lebensmittel und Essprodukte mit vielen Nachteilen verbunden ist. Das betrifft erstens die Umwelt, die wir unangemessen belasten, das betrifft die Menschen in den Herkunftsländern, die ihre Landwirtschaft auf unseren Bedarf eingestellt und ihren eigenen dabei aus den Augen verloren haben und das betrifft vor allem uns selbst.

Ich finde es schön, wenn ich mich auf die Spargel- oder Erdbeerzeit freuen kann. Und diese Zeit ist bei mir verbunden mit einer bestimmten Jahreszeit.

Genauso freue ich mich auf Weihnachtsgebäck oder Schokoosterhasen (ich bin Vegetarierin!) aber bitte zur richtigen Zeit.

Ich weiß, dies sind alles keine neuen Erkenntnisse. Aber diese Gedanken kamen einfach so über mich, als ich über das Auftauchen von Lebkuchenherzen in einem deutschen Supermarkt las und mich dann an das heutige Datum erinnerte.

August

Gestern ist mir aufgefallen, dass ich nicht von mir abgeschlossene Beraterverträge habe. Und bei weiterem Nachdenken habe ich bemerkt, dass das nicht erst seit gestern der Fall ist.

Monolaterale Verträge sind zum Glück nicht kostenpflichtig, aber zumindest kann man neue Erkenntnisse daraus ziehen. Was ich eigentlich gar nicht möchte aber gerade mache.

Ich habe in letzter Zeit immer einmal wieder ein oder zwei Beifahrerinnen in meinem Auto neben mir sitzen, wobei die Betonung auf den letzten zwei Silben liegen, denn diese uneingeforderten Beraterverträge werden mir von Frauen angeboten und auch zum Vollzug gebracht.

Ich fahre also mit meinem Auto los und ich bin eigentlich eine erfahrene Autofahrerin. Das einmal festgestellt. Und es dauert nicht lange, da kommen Kommentare von der rechten Seite oder von hinten wie:

„Rechts ist frei, du kannst fahren" oder

„Da kommt ein Fahrrad von rechts/links, pass auf" oder

„Da ist ein Parkplatz, da kannst du reinfahren" oder

„Du bist der Fahrer und ich will dir auch nicht reinreden, aber……."

Und wenn meine Beifahrerin dann hörbar den Atem anhält, weil am Auto vor uns die Bremslichter aufleuchten und sie offenbar der Meinung ist, dass ich in einen Sekundenschlaf gefallen sein könnte, dann habe ich 3 Möglichkeiten der Reaktion.

1. Ich ignoriere die Reaktion oder die Bemerkung.

2. Ich sage ihr mal kurz und bestimmt, dass ich am Steuer sitze und den Situationen bisher ganz gut gewachsen war.

3. Ich überlege mir, ob meine Fahrweise auf Grund meines Alters oder Geschlechts vielleicht doch nicht so gut ist wie ich denke.

Nummer 2 weise ich wegen evtl. folgender Unstimmigkeiten zurück.

Nummer 3 lehne ich aus Überzeugungsgründen ab, Zweifel an meinen Fahrkünsten würden an meinem Selbstwertgefühl nagen und das möchte ich ausdrücklich nicht und überhaupt bin ich wirklich eine gute Fahrerin, finde ich.

Also wähle ich die erste Lösung und schlucke meine Kommentare herunter.

Dann überlege ich mir, wie es ist, wenn ich männliche Beifahrer neben mir sitzen habe. Und siehe da, auch wenn dies seltener vorkommt, sie erdulden meine Fahrweise widerspruchslos und ohne Beratung, Verbesserungsvorschläge oder Anweisungen. Sind diese Männer einfach nur tougher als die Frauen oder trauen Frauen ihrem eigenen Geschlecht weniger Fahrkompetenz zu?

Um ehrlich zu sein, ich fahre eigentlich am liebsten allein in meinem Auto um diesen Überlegungen aus dem Weg gehen zu können.

Aber besonders umweltfreundlich ist das ja nun gerade nicht.

Fazit: Zähne zusammen beißen, gerne Mitfahrer mitnehmen, ob weiblich oder männlich und sich über den eingesparten Sprit und seine Folgen freuen.

August

Ich reise gerne, sehr gerne sogar.

Ich habe zwar meine Ängste, zum Beispiel meine unerklärliche Flugangst, aber das hält mich nicht ab vom Reisen. Ich will etwas von der Welt sehen, andere Menschen treffen, andere Städte und Kulturen kennen lernen. Das kann ich natürlich nur, wenn ich mich weg begebe, raus aus meinen vier Wänden. Die Eindrücke, die das Fernsehen mir vermittelt oder Reiseberichte anderer Menschen reichen mir nicht aus. Sie können höchstens als Anregungen dienen.

Die Möglichkeiten zu Reisen sind bekanntlich vielfältig. Ich habe mich diesmal entschlossen die Bahn zu nehmen, da bin ich auf der Autobahn nicht laufend im Stau. Nachteil sind Umsteigen, Gepäck schleppen, Treppen rauf und runter, wenn kein Fahrstuhl da ist. Damit habe ich mich abgefunden. Ich wähle eine Route aus, bei der ich wenig umsteigen muss und mein Gepäck habe ich minimalisiert, das geht auch einmal. Also, los geht's.

Ich habe mich auf meinem Sitz eingerichtet und überlege gerade ob ich aus dem Fenster sehen soll oder schon einmal mein Buch aus dem Rucksack hole. Eine Gruppe von vier älteren Frauen (diese Bezeichnung passt heutzutage oft und tut nicht weh, also niemals von alten Frauen reden, auf gar keinen Fall!!) macht es sich auf der anderen Seite des Ganges bequem. Die erste Runde Würstchen wird ausgepackt und herumgereicht.

Eine der Frauen sagt: „Würstchen habe ich auch mitgebracht, die essen wir dann später."

Pappbecher werden verteilt, eine Sektflasche wir aufgeploppt und der Inhalt verteilt. So weit so gut. Gute Laune ist immer ansteckend, auch wenn man nicht Teil davon ist.

108

Kurze Gesprächssätze gehen hin und her, recht amüsant. Aber dann übernimmt eine der Damen die Unterhaltung für die nächste Stunde nonstop. Sie erzählt davon wie sie als Witwe einem Nachbarn, den sie schon sehr lange kennt, näher gekommen ist und das erzählt sie in allen Details. Fazit dieser Beziehung und für alle Mitreisenden unüberhörbar, sie findet es nett mit ihm gemeinsam zu wandern und Essen zu gehen, aber körperliche Aktionen lehnt sie ab. Also, vielleicht mal ein Küsschen hier und da, auch einmal Händchen halten aber bitte nicht mehr. Was ich nicht in Erfahrung bringen konnte, war ihr Name und ihr Wohnort aber sonst fast alles. Und das, ohne auch nur einmal nachfragen zu müssen. Ihre Mitfreunde hörten ohne Zwischenfragen zu, ohne sie zu unterbrechen. Ihr Redefluss lief auch ohne Ermunterung und das Mitteilungsbedürfnis dieser Frau war schlicht unbegrenzt. Nachdem ich nach einiger Zeit zwanghaften Mithörens abgeschaltet hatte bemerkte ich, dass das Redegeräusch verstummt war. Das empfand ich als unglaubliche Erholung.

Um es hier einmal zu unterstreichen, ich höre gerne anderen Menschen zu. Sich anzuschweigen ist unerfreulich und wenn sich alles immer nur um einen selbst drehen würde wäre die Welt zum Gähnen langweilig. Aber so, wie sich heute viele Menschen in den sozialen Medien ausleeren, genauso machte es diese Frau auch, und das in aller Öffentlichkeit.

Bei einem anderen Erlebnis in der Bahn hörte ich Ähnliches. Eine Frau saß mit einem Unbekannten zusammen und redete ununterbrochen. Über die Hitze, was man dagegen tun könne, über die Bahn und ihre Unzulänglichkeiten, einfach über alles, was ihr gerade in den Sinn kam. Vielleicht hatte sie 3 Monate in ihrer Wohnung gehockt und niemanden zum Klönen gehabt. Dann fließt man eben einfach verbal über.

In meinem Buch brauchte ich nur sporadisch zu lesen, ansonsten war für Unterhaltung gesorgt auf meinen Bahnreisen und ich habe viele Einblicke in verschiedene menschliche Denkweisen bekommen.

So habe ich Familien zuhören können und mich gefreut, wenn sich Eltern liebevoll ihren Kindern zuwandten. Oder wenn sie das Gegenteil taten und ich dachte, das ist aber schade. Ich sehe besonders gerne, wenn Väter sich um ihren Nachwuchs kümmern. Das ist heute ganz allgemein mehr und mehr der Fall.

Ich traf Großmütter, die mit ihren Enkeln reisten, Großväter sah ich nicht, was nicht heißen soll, dass es sie nicht gibt.

Und Ehepaaren und Freundesgruppen hörte ich zu. Alles Gespräche, die meine Phantasie mächtig anregten. Meine inneren Kommentare und Vorstellungen um diese Menschen herum waren schier unbegrenzt.

Nun mag es Mitmenschen geben, die mir vorwerfen werden, dass man privaten Gesprächen nicht lauscht.

Also, erstens lausche ich nicht vorsätzlich und Gespräche, die in der Öffentlichkeit geführt werden, noch dazu in einer unüberhörbaren Lautstärke sind für mich nicht privat. Denen höre ich gerne zu. Allerdings dürfen sie nicht zu intim, einseitig, dominant oder dahinplätschernd sein wie die beschriebenen Gespräch.

Ansonsten gerne jede Menge davon.

August

Natürlich freue ich mich immer besonders, wenn mich eines meiner Kinder oder Enkelkinder besuchen kommt. Da sie alle mehr oder weniger weit entfernt wohnen ist das etwas Besonderes und mit viel Vorfreude verbunden.

Und natürlich mache ich Pläne darüber, was man unternehmen könnte, was es zum Essen geben wird, worüber wir sprechen könnten, welchen Kuchen ich backen werde. Ich versuche mich zu erinnern, was die Kinder früher gern aßen, um später festzustellen, dass die Zeit auch darüber hinweggegangen ist und alles sich geändert hat. Naja, nicht alles hat sich geändert, einiges ist geblieben und ich freue mich darüber, dass sich z.B. der Käsekuchen noch immer einer gewissen Beliebtheit erfreut.

Was mich aber zunehmend irritiert ist die Tatsache, dass ich mich unter Beobachtung fühle, wenn sie denn endlich bei mir sind. Meine Reaktionen, mein Gang, meine Aktivitäten, alles wird unter die Lupe genommen, näher betrachtet und mein Alterungsprozess mental dokumentiert.

Ich bekomme auch durchaus Rückmeldungen über diese angeblichen oder tatsächlichen Veränderungen.

„Hast du schon bemerkt, dass du beim Treppensteigen nicht freihändig gehst?"

Klar hab ich das bemerkt. Es ist zu meiner eigenen Sicherheit. Aber ich werde mich demnächst anders verhalten, wenn du da bist, verspreche ich mir selbst.

„Du suchst aber manchmal ganz schön lange nach bestimmten Sachen."

Das finde ich gar nicht, bei mir herrscht immer noch mehr Ordnung als bei dir damals, als dein Zimmer ein einziges Chaos war.

„Mama, das mochte ich als ich klein war. Jetzt finde ich das schrecklich. Wieso weißt du das nicht? Ich habe dir das schon so oft gesagt."

Man kann nicht alles wissen, besonders dann nicht, wenn man sich so selten sieht. Und, ehrlich gesagt, mein Geschmack und meine Lebensgewohnheiten haben sich auch geändert. Habt ihr das auch schon einmal bemerkt?

„Du guckst mehr auf den Boden vor dir als deine Umgebung zu betrachten. Das gefällt mir nicht."

Mir eigentlich auch nicht. Aber seitdem ich das tue falle ich seltener. Ich versuche trotzdem auch mal nach oben zu schauen und zur Seite und nach vorne und nach hinten.

Aber, wie schon erwähnt, sehr unschön finde ich diese Begutachtungen über meinen geistigen und körperlichen Istzustand. Suchen sie nach Defekten und Einschränkungen, nach Zeichen meines Verfalls? Wollen sie vorbereitet sein auf den Ernstfall, wenn sie einschreiten müssen, wenn nicht mit mir, sondern über mich entschieden wird?

Diese Gedanken machen mich nicht besonders glücklich. Dabei hatte ich mich so auf den Besuch gefreut.

Wann hat es angefangen, wann bin ich von der Rolle des Zuständigen für andere in die Rolle desjenigen gekommen, für den sich andere zuständig fühlen?

Natürlich ist es gut, wenn Kinder für ihre alten und evtl. hilfsbedürftigen Eltern Verantwortung übernehmen. Ganz ohne Zweifel. Erst waren die Eltern für ihre Kinder zuständig, für ihre Erziehung, für ihre Entwicklung, für ihre Wohlbefinden und irgendwann wendet sich diese Verantwortung. Aber wann und mit welchen Konsequenzen? Genau diese Frage bringt mich zum Nachdenken.

Vielleicht sollte ich mit ihnen darüber einmal reden. Aber wie fängt man das an, wenn die Besuchszeiten kurz und selten sind? Und sie haben ihr eigenes

Leben und fürchten sich vielleicht vor der Zeit, wenn ihre eigenen Kinder aus dem Haus sind und gleichzeitig die Hilfe für die Eltern tatsächlich anfangen könnte.

Meine armen Kinder! Ich werde schon „piep" sagen, wenn ich sie brauche.

Werde ich das wirklich, werde ich es selbst wahrnehmen oder nur ignorieren und zu überspielen versuchen?

Wann hat es angefangen, dass ich meine Mutter unter dem gleichen Blick betrachtet, beobachtet habe?

Bestimmt nicht mit 70, da war meine Mutter voller Tatendrang und selbstbestimmt. Das fing eigentlich erst an, als sie an die 90 war.

Also gebt mir bitte noch etwas Zeit, bevor ihr euch zweifelnde Gedanken über mich und meine Altersgebrechen macht, sowohl über meine körperlichen als auch über meine geistigen. Verschlechterungen in dieser Hinsicht sind bestimmt wahrscheinlicher als Verbesserungen aber das gehört zum Leben dazu und ist für mich verkraftbar. Das sollte es auch für euch sein. Solange zumindest, wie alles gut funktioniert in meinem Leben. Und das beurteilen wir besser zusammen und dann, wenn es notwendig ist.

„Meine Enkelin wünscht sich ein bestimmtes Outfit zum Geburtstag. Ich bin schon überall gewesen und konnte es nicht finden. Nun muss ich es wohl doch übers Internet bestellen. Es muss unbedingt das sein und nichts anderes."

„Mir wurde gerade unterbreitet, dass meine Enkelkinder zur Konfirmation €200 erwarten. Das sei heute so üblich. Da gleich zwei Enkel konfirmiert werden sind das mal eben €400. Das finde ich ziemlich happig."

„Mein Enkel fragte mich gestern nach meiner Kreditkarte, weil er sich im Internet eine bestimmte Jacke bestellen wollte. Ich war etwas verblüfft."

„Und hast du ihm deine Kreditkarte gegeben?"

Es folgt eine zögerliche Antwort.

„Tja, er wollte die Jacke unbedingt haben. Was sollte ich da machen, ich als gute Oma?"

Ihm vielleicht sagen, dass es so nicht geht und man nicht alles haben kann was man unbedingt haben möchte, auch nicht von der besten Oma der Welt, war meine unausgesprochene Antwort.

Eine andere Teilnehmerin in der Runde:

„Uns geht es heute so viel besser als unseren Großeltern damals. Da können wir auch etwas großzügiger sein als sie. Meine Enkel wissen genau, wie sie es anstellen müssen, um das zu bekommen, was sie sich wünschen. Mein kleiner Nils guckt mich an und sagt: Oma, du bist die Beste. Dann sage ich: Das ist schön aber was möchtest du denn jetzt wieder haben? - Och, nur das neue Pokemonspiel. Das kostet auch nur €20. - €20 zwischendurch sind aber eine Menge Geld, du hast ja bald Geburtstag. Bis dahin solltest du warten. - Aber Oma, Kevin hat das auch gestern von seiner Oma gekriegt, bitte.

Ich kann doch nicht knauseriger sein als Kevins Oma, oder?"

Nun wieder die erste Sprecherin:

„Die Kinder haben heute aber auch so viele Spielsachen und Klamotten. Das war bei uns ganz anders als wir Kinder waren."

Recht hat sie - das waren auch andere Zeiten. Aber was wollen diese Großmütter und Großväter eigentlich, frage ich mich an dieser Stelle?

Sie beschweren sich, dass die Kinder und Jugendlichen heute ungeduldig und ohne Aufschub alles Wünschenswerte haben wollen, stecken ihnen aber das Ersehnte bei jedem kindlichen Augenaufschlag und jeder Schmeichelei sehr schnell zu.

Opfer und Täter sind auch hier ganz dicht beieinander. Wir wollen unseren Enkeln gefallen, das ist durchaus nachvollziehbar und Großeltern dürfen ihre Enkel auch gerne mehr verwöhnen als sie ihre Kinder verwöhnt haben oder von ihren eigenen Großeltern verwöhnt wurden aber es hat für mich alles seine Grenzen. Wenn das Anspruchsdenken zur Norm wird, dann hört es bei mir auf.

Bisher haben meine Enkel noch nicht nach meiner Kreditkarte gefragt und sollten sie es in Zukunft einmal machen, dann habe ich in der Vergangenheit etwas falsch gemacht.

Bestimmt!

August

Meine Familie hat auf dem schönsten Friedhof der Welt, zumindest meiner Meinung nach, eine Grabstelle mit einem schönen Findling. Ich spreche von dem Ohlsdorfer Friedhof in Hamburg. Nun wohne ich 2 ½ Autostunden entfernt und die Grabpflege gestaltet sich deswegen etwas kompliziert.

Ich könnte die Grabpfleg natürlich einer Gärtnerei überlassen und wenn ich eine Rechnung aufstellen würde mit Benzinkosten usw. wäre das vielleicht sogar die billigere Variante aber ich habe viele Gründe, die dagegen sprechen.

Erst einmal bin ich gerne in Hamburg, der Stadt, in der ich aufgewachsen bin. Zum anderen fühle ich mich meiner Mutter verpflichtet, die die Grabpflege früher übernommen hatte. Und außerdem ist der Ohlsdorfer Friedhof ein wunderschöner Ort, der nicht nur mit Tod verbunden ist, sondern mit Pflanzen, Vögeln und verschiedenen Orten der Erinnerung und Geschichte.

Leider sind die Abstände meiner Besuche nicht sehr eng, sodass die Pflege oft in größerer körperlicher Arbeit endet. Im Frühling, zu spät in diesem Jahr, war ich dort und habe auf diesem kleinen Fleckchen Erde 2 Stunden mit dem Spaten Unkraut ausgegraben und Blumen gepflanzt. Das empfand ich als recht anstrengend aber es wird mich nicht dazu bringen meine Meinung über diese Art der Grabpflege zu ändern.

Nur, was kommt nach mir? Ich möchte auch im Kreise meiner Familie enden. Da ist die Frage in meinem Alter durchaus erlaubt, was kommt nach mir.

Wäre es nicht besser eine anonyme Grabstelle zu wählen oder auf einem Waldfriedhof unter einem Baum beerdigt zu werden oder sich vielleicht für eine Seebestattung zu entscheiden?

Ich habe da eine recht klare Meinung, die ich natürlich nur für mich selbst getroffen habe und die ausnahmsweise einmal gegen den allgemeinen Trend läuft. Viele Menschen wollen ihren Nachkommen nicht zur Last fallen, keine Grabpflege, keine Kosten, einfach keine physische Stelle, die mit dem Verstorbenen verbunden ist. Das hört sich alles sehr gut durchdacht und rücksichtsvoll an. Aber nicht für mich.

Ich will, dass es einen bestimmten Ort gibt an dem ich „abbleibe", ich will nicht im Meer verschwinden oder in einem Wald „aufgehen", auch wenn mein Wunsch mit Mühe und Kosten für meine Kinder und Enkel verbunden sein sollte.

Meine Familie hatte in meiner Kindheit ein Ritual, das jedes Jahr durchgeführt wurde. Meine Großmutter wurde in Auschwitz umgebracht, ich habe sie nie kennen gelernt. Natürlich gibt es für sie auch kein Grab. Aber ihr Name wurde auf einem Stein eingraviert, der auf einem Familiengrab in Ohlsdorf liegt. Zu ihrem Geburtstag, der mit dem Tag ihrer offiziellen Todesurkunde zusammen fiel (ob das nun eine letzte Nettigkeit der Verwaltung in Auschwitz war oder ob es ihr tatsächlicher Todestag war wird sich nie klären lassen) zog unsere ganze Familie, rückwirkend geschätzt zwischen 8 und 10 Personen, nach Ohlsdorf zu diesem Grab.

Da ich lange über die Zusammenhänge nicht aufgeklärt wurde und diese Großmutter nie gesehen hatte, sich somit also meine Trauer in Grenzen hielt, war für mich der Höhepunkt nach dem Grabgedenken ein Besuch in einem Café, eben vor den Toren des Friedhofs. Ich war schon immer eine begeisterte Kuchenesserin und schon deswegen wurde dieser Besuch von mir sehr geschätzt. Was ihn aber noch spezieller machte war die Besitzerin dieses Cafés. Sie hatte einen kleinen Pudel, den sie immer mit sich herumtrug. Der Pudel und die Haare dieser Frau waren weiß, die Frau war sehr gepflegt, genau wie ihr Liebling und ich nannte sie für mich immer die „Pudeltante". Mein Vater, meine Tante und meine Cousine, die viel älter war als ich und die alle unsere Großmutter kannten, betrauerten die Tote, ich freute mich aber immer schon auf den folgenden Besuch bei der „Pudeltante".

So etwas wünsche ich mir von meiner Familie auch. An meinem Geburtstag sollen sie zu meinem Grab kommen, kurz an mich denken und dann den Besuch in Ohlsdorf in einem Café beenden. Das fände ich großartig. Oder vielleicht wird sich mein Sterbetag dereinst als jahreszeitlich passabler für so ein Unternehmen eignen als mein Geburtstag. Damit wäre ich auch sehr einverstanden.

Natürlich wird das nicht funktionieren aus vielen verschiedenen Gründen, nicht zuletzt, weil es Planung, lange Anfahrten und vor allem Entschlossenheit erfordern würde.

Sehr viel wahrscheinlicher ist es, dass ich zwar in der Ohlsdorfer Erde landen werde, aber dass mein Grab für viel Geld in Pflege gegeben oder dass es total vernachlässigt wird. Aber wer einmal in London den Friedhof von Highgrove gesehen hat, auf dem Karl Marx beerdigt liegt, der weiß, dass auch so ein Friedhof, mit vielen alten nicht mehr von Angehörigen gepflegten Gräbern einen märchenhaften Charme haben kann.

Das tröstet mich.

Heute Morgen bin ich einmal näher an den Spiegel heran getreten. Das war nicht unbedingt gut, weil ich dann ins Denken kam. Denken an sich tut bekanntlich nicht weh aber die daraus erwachsenden Erkenntnisse vielleicht schon.

Es ist ja nicht so, dass ich an mir vorbei gucken könnte. Und das ist ganz wörtlich gemeint. Und selbst wenn ich es versuchte, irgendwann, irgendwo, irgendwie holt mich die Wirklichkeit ein. Ich kann es nicht ignorieren, ich kann es nicht verleugnen, es geht immer vorwärts, besser gesagt, abwärts.

Bisher war ich da ganz anderer Meinung. Älter werden als junges Mädchen hieß unabhängig werden, eigene Entscheidungen treffen zu können und zu dürfen, das war schon etwas Erstrebenswertes. Das war toll, das war Erleben, endloses Leben. Ratschläge und Erfahrungen anderer, bleibt mir weg damit um Gottes willen!!

Nicht mehr zur Schule gehen zu müssen, das war schon ein Fortschritt, obwohl die folgende Berufsausbildung sich dann auch nicht als so großer Unterschied erwies. Aber heiraten, das erschien als die ultimative Unabhängigkeit von zu Hause, was sich schnell als kleiner Irrtum herausstellte. Nicht etwa, dass ich nun nicht unabhängig von meinen Eltern gewesen wäre aber unabhängig durch Heirat, wer glaubt denn an so etwas? So etwas Konfuses entspringt Jungmädchenträumen, die ich, ehrlich gesagt nicht einmal hatte, denn ich hatte, nach Heiratsplänen gefragt, immer gesagt, ich heirate nie, denn der Mann, den ich heiraten würde, der müsse erst noch geboren werden und dann wäre er zu jung für mich.

Ich war hin und hergerissen in meinen Wünschen und heiratete dann doch sehr jung. Eine eigene Wohnung, endlich tun und lassen können was ich wollte, mit kleinen Einschränkungen natürlich, nicht nur aus materiellen Gründen, sondern auch, weil ich eben wieder nicht alleine entscheiden konnte. Aber was macht das schon, ich hatte durchaus wachsende Zukunftspläne, wer hat die nicht in diesem Alter.

Viele Pläne wurden durch die Wirklichkeit ausgebremst oder überholten sich einfach von selbst. Aber alles war zukunftsorientiert, genauer gesagt, mein Leben spielte sich in der Gegenwart und der Zukunft ab, wie hätte es auch anders sein können. Meine wachsende Familie verlangte meine Gegenwart und ich träumte von meiner Zukunft.

Es passierte also einige Jahre Vieles oder auch weniger Vieles, auf jeden Fall war ich beschäftigt mit dem täglichen Leben, mit Zukunftsplänen, erst mit Ausbildung, dann mit Kindererziehung, eben mit allem, was einem Menschen so in jungen und mittleren Jahren über den Weg läuft. Aber bestimmt nicht mit Gedanken an das wirkliche, das seh- und fühlbare Älterwerden. Nein, ganz bestimmt nicht! Herrgott, natürlich werden wir alle älter, na und? Das hat doch auch eine ganze Menge Vorteile, oder?

Wenn irgendjemand sich über das Älterwerden beklagte (es gibt immer genügend Menschen, die schon sehr früh damit anfangen, vielleicht müssen die schon früh für den Ernstfall üben), dann dachte ich immer, was will der/die eigentlich, wovon redet der/die? Es ist doch sonnenklar, dass wir alle älter werden, na und, na und, na und? Das kann doch nicht so schlimm sein. Es gibt so viel Neues, Überraschendes, Erlebenswertes, Zukünftiges zu entdecken, was soll das Gestöhne?

Ich kann mich erinnern, dass viele meiner Mitmenschen schon früh gedanklich auf die Rentenzeit hinarbeiteten und dachten, wenn ich mal in Rente gehe, dann mache ich das und dieses und jenes. Dafür habe ich nie Verständnis aufbringen können und diese Gedankengänge erschließen sich mir bis heute nicht. Warum soll ich die Zukunft in den Himmel heben, anstatt die Gegenwart zu leben?

Nun, im fortgeschrittenen mittleren oder sogar schon weiter abgelaufenen Leben (wer weiß das schon so genau oder will es schon so genau wissen?) hat sich die subjektive Perspektive verändert. Das Zukünftige ist die Gegenwart und damit erschreckend endlich geworden.

Die Erkenntnis fängt an zu dämmern, dass es auch ein Leben nach mir geben wird, dass die Welt prima ohne mich auskommen kann, dass ich tatsächlich nur für mich und meine nächste Umgebung wichtig bin und das auch nur so lang, wie ich lebe und dann vielleicht noch ein paar Jahre und dann……nichts mehr.

Ein Ausweg aus diesem Gedankendilemma wäre ein guter, überzeugender Glaube, der würde sicher helfen und beruhigen. Aber den habe ich nicht. Dies sind natürlich alles keine neuen Gedanken, bestimmt nicht. Trotzdem sind sie, einmal zu Ende gedacht, recht niederschmetternd.

Ja, und dann kommen all diese kleinen und größeren Veränderungen, die ich an mir und meinen Altersgenossen und verstärkt und noch erschreckender an noch älteren Leidensgenossen feststellen muss. Huuuu!

Ich fange in zunehmendem Maße an nach Alterserscheinungen bei anderen zu suchen, von denen ich meine, sie wären an mir noch nicht so ausgeprägt vorhanden.

Sabine hat aber schon viele Falten um die Augen. Und dann erst einmal diese scharfen Linien um den Mund. So will ich nie aussehen, sage ich mir, dabei vergessend, dass es am wenigsten nach meinem Willen geht. Und erst einmal Angela und Ingrid und Christine, dieser welke Hals, diese schlaffe Haut unter den Mundwinkeln, so sehe ich noch lange nicht aus. (Obwohl ich gerade gestern bei genauem Hinsehen feststellen musste, dass sich genau diese Zeichen auch bei mir breit machen.)

Wir scheinen uns bei der Beurteilung unserer Lebensumstände an denen zu orientieren, denen es besser geht als uns. Schneiders haben ein großes Haus, ein neues Auto, verreisen laufend, man, muss es denen gut gehen, viel besser als uns.

Komischerweise orientieren wir uns bei der Beurteilung unseres Körpers, unseres Aussehens an denen, die schlechter von der Natur bedacht wurden. Ich suche geradezu nach Frauen, die mehr Falten haben als ich, deren Bauch dicker ist als meiner usw., obwohl sie doch sogar etwas jünger sind als ich, wenn auch nur ganz wenig. Ach, tut das gut! Es ist so schön, wenn ich jemanden gefunden habe, der eben so aussieht, wie man in meinem Alter aussieht und doch nicht aussehen will und ich natürlich auch nicht aussehe.

Aber wehe, ich finde eine Frau, von der ich überzeugt bin, sie müsse viel jünger sein als ich, weil sie eben diese eindeutigen Merkmale noch nicht aufweist, eben viieel jünger aussieht als ich und dann feststellen muss, sie ist sogar älter. Verflixt, wie kann das angehen!?

Und das Hineinpfuschen in den natürlichen aber für mich unnatürlichen Ablauf des Alterns ist, für mich zumindest, keine Alternative. Wie grässlich sehen manche Menschen aus, deren Haut so gestrafft ist, dass sie sich nicht einmal mehr ein ungezwungenes, befreiendes Lachen leisten können? Nein, das kommt für mich nicht in Frage, da leg ich lieber mein Gesicht in Falten und lache herzhaft, sodass die Falten sich noch tiefer einschleichen können. Das ist mir dann doch lieber als ein maskenhaftes Dasein, das nie mit seinem Äußeren zufrieden sein wird. Da bleibe ich dann lieber bei meinem armseligen Originalzustand. Denn da weiß man, was man hat, zumindest ungefähr, so erkennt man sich immer auf Anhieb selbst wieder.

Wie schrecklich muss es nach einer misslungenen Schönheitsoperation sein, wenn man sich beim Blick in Spiegel die Frage stellen muss, wer ist denn das da? Selbst nach einer gelungenen Veränderung könnte diese Frage auftauchen. Und dann den fragenden Blicken der Menschen begegnen zu müssen, die einen schon lange kennen, wie unschön!

Eigentlich müsste man als alter Mensch auf die Welt kommen und sich rückwärts entwickeln, dann hätte man zumindest die Möglichkeit sich auf diese Weise zu verschönern und darauf zu freuen. Die jungen Tanten und Onkel würden über die Wiege des Altgeborenen gebeugt dann sagen können:

„Wenn sie jünger wird, wird sie sicher sehr schön" um über die Altersrunzeln hinweg zu trösten.

Aber wo sollte das Jüngerwerden dann stoppen, bei 20 Jahren oder bei 10 Jahren?

Die Idee ist doch nicht so gut, denke ich, sie würde nur das eine Problem lösen, nämlich das körperliche Älterwerden, andere Probleme würden aber entstehen. Man bedenke nur diese ganzen dummen Entscheidungen, die man als endlich junger Mensch machen würde, weil sich natürlich auch die Erfahrungen zurück entwickeln würden. Wie schrecklich, wie wenig erstrebenswert!

Plötzlich würden wir mit 80 unsere ganzen Jugendsünden begehen. Kann man als 70 jähriger farbbeutelwerfend demonstrieren oder seinen Eltern (wenn sie denn noch leben) sagen, dass man ihre Art zu leben endgültig satt hat (ach, nein, die sind ja inzwischen im Kleinkindalter angekommen, wie verwirrend!) oder in die Disco gehen, bis die Ohren platzen oder auf einem Popkonzert auftauchen und durch die Gegend hüpfen? Welch ein Durcheinander!

Wenn ich das alles so richtig betrachte und feststelle, dass ich das eben Beschriebene eigentlich lieber nicht durchleben möchte, ist das Leben, so wie es ist vielleicht doch so am besten wie es ist. Aber ich bin sicher, dass mich immer wieder Zweifel, Unzufriedenheit, Unverständnis, Uneinsichtigkeit, Unwille und einfach das heulende Elend überkommen werden. Jedenfalls von Zeit zu Zeit. Aber ändern wird das auch nichts. Ich muss damit leben, wie alle Menschen vor mir es auch mussten. Aber damit bin ich ja nicht allein. Das sollte auch ein Trost sein.

Sollte man offen über diese Dinge sprechen und darüber nachdenken oder sie lieber offen verdrängen? Das muss jeder für sich selbst entscheiden.

September

Mein 70. Geburtstag zieht sich wunderbar durchs Jahr und ist noch immer nicht ganz beendet. Das bezieht sich nicht auf das Datum selbst, selbstverständlich, sondern auf die Geschenke, die nicht auf einmal präsentiert wurden, sondern nach und nach umgesetzt werden konnten und immer noch können. Und das kam so.

Gefragt nach meinen Wünschen sagte ich immer: Ein Buch ist immer ein schönes Geschenk für mich aber noch mehr würde ich mich über gemeinsame Zeit und Unternehmungen freuen. Die Resonanz darauf war wunderbar und vielseitig.

Ein gemeinsamer Kinobesuch mit Abholen und nach Hausbringen. Es war ein lustiger Film und wir hatten viel zu lachen, ein schöner Abend.

Ein Theaterbesuch, der sich etwas schwierig gestaltete, weil die angedachte Aufführung aus Krankheitsgründen abgesagt werden musste. Aber nun haben wir einen gemeinsamen Termin für eine andere Theateraufführung gefunden, passenderweise mit dem Titel und nach dem gleichnamigen Film „Honig im Kopf". Dies muss nicht unbedingt zu Nachahmungsmaßnahmen führen. Obwohl ich gerne Süßes zu mir nehme, möchte ich meine Gehirnzellen nicht auf diese Weise verändern. Aber die Theateraufführung war wunderbar.

Dann wurde ich von Freunden zum Essen eingeladen. Auch dies ein schöner gemeinsamer Tag, mit Spaziergang und anschließendem Kaffeetrinken. Besser kann ich meine Zeit nicht verbringen.

Außerdem bekam ich eine Einladung in einen großen Park, mit Rundgang und Kaffeetrinken. Das Wetter war wie dafür geschneidert, sonnig, mit einer ganz leichten Brise. Ein weiteres genussvolles Geburtstagsgeschenk.

Nun habe ich noch zwei Einladungen in Ferienhäuser der Schenkenden offen stehen. Auch darauf freue ich mich natürlich ganz besonders.

124

Meine Gäste haben sich viele verschiedene Überraschungen einfallen lassen.

Diese Art von Geschenken nehmen immer mehr zu. Sie sind ein Gegengewicht zu unserer digitalen Welt, in der der direkte Kontakt oft durch ein Medium vorgegaukelt wird.

So entsteht vielleicht zunehmend der Wunsch gemeinsame Zeit miteinander verbringen zu wollen, verabredete, mit Augen- und Körperkontakt. Früher trafen wir uns zu Mahlzeiten im Familienkreis, wir spielten an Sonntagnachmittagen zusammen Gesellschaftsspiele, unternahmen gemeinsame Spaziergänge. Nun sind die Kinder aus dem Haus, wohnen weit verstreut in der Weltgeschichte, meine zumindest, und Begegnungen müssen geplant werden, sind nicht mehr zufällig und kurzfristig möglich.

Da ist diese Art von Geschenken eine wünschenswerte, wunderbare und vereinsamungsvorbeugende Sache.

Ich habe keine Zeit, ich weiß nicht, wann ich mal wieder Zeit habe, um dich zu treffen oder dies oder jenes zu tun. So hört sich „unsere Zeit" oft an. Da ist es wunderschön, wenn man mal sagen kann:

Ich schenke dir Zeit und unternehme etwas mit dir zusammen.

September

Wissen Sie immer das heutige Datum? Herzlichen Glückwunsch! Ich gehöre nicht zu diesen Glücklichen und das ist keine Alterserscheinung bei mir. Das war schon immer so.

Das betrifft nicht nur den Wochentag, sondern kann durchaus auch mal den Monat betreffen, in dem wir uns gerade befinden. Ich bin da vielleicht das andere Extrem zu denen, die das Datum von heute, von Familiengeburtstage, von Jubiläen oder Geschichtszahlen spontan angeben können. Ich gehe gern über diesen meinen Makel hinweg, wenn er von anderen kritisiert wird. Sollen sie sich doch aufregen, dafür weiß ich Dinge, die sie nicht wissen. Irgendwie muss ich mich trösten, wenn ich einmal wieder den Geburtstag meiner Enkel nicht präzise angeben kann. Also, eine vage Vorstellung habe ich da schon aber eben kein präzises Wissen. Ich schäme mich dessen auch aber das alleine schafft keine Abhilfe.

Die Geburtstage meiner Kinder weiß ich, jedenfalls halbwegs. Ich weiß den Tag, ich weiß den Monat aber um das Jahr sagen zu können, muss ich rechnen, komme dann aber durchaus zu einem ordentlichen Ergebnis.

Es scheint einfach Dinge zu geben, für die mein Gehirn nicht ausgestattet ist.

Heute habe ich mich allerdings selbst übertroffen. Ich bin morgens früh mit dem Rad zum Schwimmen gefahren. Es war recht kühl. Ich hatte den Eindruck heute sei Montag. Ich versuche jetzt im Vorfeld schon einmal nach Entschuldigungen für meine Entgleisung zu suchen. Also, anstrengende Fahrradtour (waren aber nur 4 km), Kälte friert das Gehirn ein (so kalt war es aber auch nicht, ich brauchte noch keine Handschuhe). Als Rentnerin sind die Tage alle gleich, warum sollte es also nicht Montag sein?

Um zum Kern meiner Dummheit zu kommen, heute ist Freitag, eine wichtige Information. Ich fragte nämlich meine Bekannte, mit der ich beim Schwimmen immer ein Schwätzchen halte:

„Na, wie war denn dein Wochenende? Was hast du so gemacht?"

Und sie hat ganz ernsthaft darauf geantwortet:

„Eigentlich nicht viel." Was hätte sie auch Schlaues sagen sollen außer:

„Wovon redest du? Wieso Wochenende?" Das fragte sie aber nicht.

Die Sache an sich war peinlich genug, denn nach 20 Minuten fragte ich sie:

„Sag mal, habe ich dich vorhin gefragt was du dieses Wochenende gemacht hast?"

Dann erinnerte ich mich der Tatsache, dass wir nicht alleine waren, als ich diese überaus falsch platzierte Frage stellte, sondern es waren allerhand Schwimmer um uns herum.

Was die gedacht haben möchte ich mir lieber nicht ausmalen. Aber vielleicht habe ich sie auch nur ein bisschen verwirrt und sie haben gedacht ich läge richtig und sie hätten einen Erinnerungsfehler gemacht. Das ist eine schöne Vorstellung, wenn auch extrem unwahrscheinlich.

Auch wie meine Abwärtskurve sich weiter entwickeln wird möchte ich gar nicht wissen. Es könnte die Situation entstehen, dass ich unter Betreuung gestellt werden muss, weil ich zu dumme Fragen stelle.

Dann muss ein Richter meine Zurechnungsfähigkeit oder das Gegenteil feststellen und ich weiß, dass ein Kriterium die richtige Beantwortung des Datums ist.

Das wäre ein schreckliches Problem für mich, denn aus lauter Aufregung würde ich mich da sicher total vertun und müsste raten. Ich könnte sogar im falschen Jahr landen oder statt im Frühling im Winter. Die Wahrscheinlichkeit einer halbwegs richtigen Antwort läge sicher bei 1:1Million oder so.

Hier eine Bitte an alle Richter, die jemals über das weitere Leben eines Menschen entscheiden müssen:

Machen Sie Ihr Urteil nicht am heutigen Datum fest. Überlegen Sie sich schlauere Fragen, bei denen auch ich eine Chance auf eine richtige Antwort hätte. Bitte, bitte!

September

Rücksichtslose Alte, flegelhafte Junge.

Es gibt für beide Gruppen ungezählte Beispiele. Und wenn man die Augen und Ohren unvoreingenommen aufhält, stellt man fest, dass man nicht nur rüpelhaftes Benehmen in der Gruppe findet, der man sich selbst n i c h t zugehörig fühlt.

Gestern stand ich an einem Kantstein, weil ich über die Straße gehen wollte. An dieser Stelle war der Bordstein abgesenkt, was meinem Alter sehr entgegen kommt. Von links kam ein älterer Mann auf dem Fahrrad, der auf der Straße fuhr und auf den Gehweg hinauffahren wollte und zwar genau an der Stelle, an der ich stand. Vielleicht macht er das genau an dieser Stelle regelmäßig. Aber nun stand ich da und er musste absteigen, um auf den Gehweg zu kommen, auf der eine Fahrradspur verläuft. Anstatt vom Rad abzusteigen und es auf den Gehweg zu schieben, beschimpfte er mich auf sehr unangenehme Art und Weise. Wieso ich gerade da stünde und er müsse da rauf fahren, genau da, usw. Ich blieb zum Glück ruhig, was sonst nicht meine Art ist. Aber der arme Mann war so unter Stress, den ich nicht noch verschärfen wollte, sodass ich ihn nur schweigend ansah.

Später sah ich eine kleine Notiz in unserer Lokalzeitung mit einem Bericht über einen aufgebrachten Rentner, der einen Feuerwehrmann mit seinem Auto angefahren hatte, nur weil er wegen eines Feuerwehreinsatzes warten musste, bevor er einen Parkplatz suchen konnte.

Nun frage ich mich, warum handeln diese Menschen so ohne Vernunft, ohne Verstand, ohne nachzudenken? Und ich frage mich, mache ich das auch manchmal? Ich hoffe, zumindest nicht in dieser ausgeprägten Form und nicht so psychisch oder physisch verletzend. Aber von Zeit zu Zeit erwische ich mich auch dabei Dinge zu tun oder zu sagen, die ich hinterher, bei genauer Reflektion, dann doch nicht mehr für so schlau und angemessen halte.

Das ist natürlich allzu menschlich. Und es hat auch Situationen gegeben, nach denen ich mich entschuldigt habe. Das kann man aber natürlich nur, wenn man den Menschen kennt, demgegenüber man sich unangemessen verhalten hat.

Bei allen anderen, denen ich einmal in meinem Leben ungewollt „auf die Füße getreten bin" möchte ich mich einmal pauschal entschuldigen. Aber ich bin recht sicher, dass ich mit meinem Fehlverhalten weit von den oben beschrieben Fällen entfernt war.

Alte Leute regen sich nicht selten über die jungen Leute von heute auf. Da gibt es selbstverständlich genügend Vorkommnisse, über die man sich ärgern kann. Keine Rücksicht auf andere Menschen, Höflichkeiten sind Mangelware, da wird geschubst und gedrängelt, Fahrradfahrer fahren im Slalom in Fußgängerzonen, usw. usw.

Aber, wenn ich es ganz ehrlich betrachte, kann man genau diese Dinge in allen Altersgruppen beobachten. Wir sind zum Glück eine heterogene Gesellschaft mit all ihren emphatischen Unterschieden. Rücksichtnahme-Rücksichtslosigkeit, Mitgefühl-Egoismus, Verständnis-Unverständnis, alles liegt nah beieinander.

Ich habe mir jedenfalls vorgenommen in Zukunft häufiger so zu reagieren, wie ich es dem beschriebenen Fahrradfahrer gegenüber getan habe ansatt gleich loszupoltern und meiner Seele Luft zu machen.

Obwohl auch das von Zeit zu Zeit gut tun kann.

September

Immer einmal wieder überkommen mich Erinnerungen aus meinen Kindertagen. Das geschieht nicht sehr oft, ich lebe viel zu sehr in der Gegenwart, aber wie gesagt, von Zeit zu Zeit eben doch.

Wir haben Ferien in der Lüneburger Heide gemacht, meine Eltern, meine Schwester und ich. Wir waren in einer Pension untergekommen. Die Toilette befand sich über dem Hof und war ein Plumpsklo. Heute ekelt mich schon der Gedanke daran, damals war es kein großes Problem für mich. Allerdings nachts hatten wir einen Eimer mit Deckel auf unserem Zimmer, weil der Weg über den Hof zu umständlich gewesen wäre. Die Benutzung des Eimers auf dem Zimmer war aber schon damals ein schwer zu überwindendes Hindernis für mich gewesen. Wenn man mit einem normal funktionierenden WC aufgewachsen ist, dann ist so ein Notbehelf etwas überaus Unangenehmes.

Soweit ein Teil meiner Erinnerungen. Und natürlich die Erinnerung an ausgedehnte Heidewanderungen. Vor Ostern liefen meine Mutter oder mein Vater unbemerkt voraus und versteckten Ostereier, die der Osterhase angeblich verloren hatte. Dies war ein wunderbares Familienspiel, von dem wir Kinder nicht genug bekommen konnten.

Lange, sehr lange war ich nicht in der Heide gewesen. Eigentlich wollte ich meinen Kindern immer einmal die blühende Heide zeigen. Aber wie es mit vielen Wünschen und Plänen so passiert, es wurde nie etwas daraus.

Doch nun ergab sich eine Gelegenheit und mein Cousin und seine Frau luden mich in ihren Schrebergarten ohne Schrebergarten ein (d.h. auf einem kleinen Grundstück steht ein stationärer Trailer, idyllisch an einem See). Da ließ ich mich nicht zweimal bitten, sondern legte mich gleich auf ein Wochenende füreinen Besuch fest.

Mein Cousin hatte für mich ein Fahrrad aus der Nachbarschaft geliehen, das meinen speziellen Bedürfnissen entsprach, tiefer Einstieg und Rücktritt. Der Mensch ist ein Gewohnheitstier und mit 70 Jahren kann man sich nur schwer auf neue Fallstricke einlassen. Ich bin da ein besonders schwerfälliger Fall.

Mein Cousin fragte mich also, was ich denn so an km mitfahren würde und ich antwortete also 40 km ist ok, dachte aber bei mir, etwas weniger darf es auch gerne sein. Es wurden dann entschieden mehr.

Aber die Landschaft war so schön, wenn auch die Heide nur verhalten blühte, dass es die Treterei wert war. Allerdings bin ich ebenes Fahren gewohnt, die höchste Erklimmung bei uns sind die Straßenüberführungen. Da hatte die Landschaft in der Heide um Schneverdingen herum schon etwas andere Anforderungen an mich. Ich kam ganz schön ins Pusten aber, wenn es einmal eben zu fahren war oder sogar abwärts ging, dann war alles ein reiner Genuss. Da nur Genuss ermüdend sein kann war die Kombination mit rauf, runter, eben eigentlich genau das, was ich brauchte. Zumindest aus der heutigen Sicht, ruhig atmend vor der Schreibmaschine, kann ich das so feststellen.

Was fehlte war allerdings Hermann Löns, den hatte mein Cousin mir eigentlich auch versprochen. Pferdefuhrwerke boten ihre Dienste an, die Wagen bepackt mit Nichtfahradfahrern. Vielleicht hatte Löns sich da eingeschlichen, mir gezeigt hat er sich jedenfalls nicht.

Das Wetter benahm sich auch sehr gut, die Sonne schien ohne zu stechen, der Regen hatte sich nur kurz in ein paar Wolken gezeigt, wurde aber vom Wind vertrieben, bevor er bei uns Schaden anrichten konnte.

Ich muss allerdings gestehen, dass wir asphaltierte oder festgefahrene Wege bevorzugten. Über die sandigen Heidewege zu fahren wäre sicher vom Landschaftsgefühl her wunderbar gewesen, aber das haben wir uns nicht erlaubt. Schade eigentlich. Aber man sollte schon realistisch bleiben und sich den Gegebenheiten anpassen. Fahrradfahren, Heidesand, Rentenalter vertragen sich nicht unbedingt. Natürlich gibt es genügend fitte Radfahrer im

Rentenalter, die das Gegenteil beweisen können, besonders die mit dem elektrischen Zusatz. Aber mein Cousin und seine Frau waren sehr rücksichtsvolle Gastgeber, sie wussten, dass ich zu der Sorte von Knackigen nicht gehöre.

Wir besuchten auch ein Quellgebiet, wo man an vielen Stellen beobachten konnte wie das Quellwasser durch den Sand an die Oberfläche sprudelte. Und es war wirklich an sehr vielen Stellen aufregend zu beobachten, wie hier und da und dort und da drüben auch kleine Wasserfontänen am Boden des Wassers aus dem Sand hervor perlten. Wir beobachteten andere Menschen, die zum Beweis ihrer Streckenführung und ihres Besuchserfolges einen Stempel auf einen Ausweis stempelten. Das fanden wir auch wichtig und folgen ihrem Beispiel. Nur fand unser Stempel auf der Handoberfläche seinen Platz, wie beim Diskobesuch. Und nach dem nächsten gründlichen Händewaschen war alles wieder weg. Aber…. wir waren auch dort gewesen!

Auch ohne den Beweis lohnt es dort anzuhalten. Welche Wassermengen aus dem Boden kommen und über ein Flüsschen abgeführt werden habe ich natürlich vergessen, solche Zahlen sind für mich zwar beeindruckend, wenn sie denn beeindruckend sind, und sie waren beeindruckend, aber auch schnell wieder in ihrer Genauigkeit verflogen. Aber es war ein selten zu sehendes Naturschauspiel.

Ein Besuch der Heide in Niedersachsen lohnt sich sehr. Aber bitte nicht weiter sagen. Denn sonst wollen alle Menschen da hin. Auch die, die unbedingt nach Venedig oder auf den großen Kreuzfahrtschiffen thronen oder nach Rom oder nach Paris fahren müssen. Und dann wäre die Heide auch nicht mehr sooooo schön, weil da zu viele Menschen wären.

Es gibt viele Vorteile nicht in einer Großstadt zu wohnen.

Ich bin in Hamburg aufgewachsen, in einem Außenbezirk und nicht im Zentrum. Das bedeutete, dass wir einen Garten hatten, in dem wir spielen konnten, dass wir gefahrlos Fahrrad fahren konnten, dass wir zu Fuß zu unseren Freunden gehen konnten, dass wir ins nahe gelegene Moor gehen konnten. Trotzdem war es in einer Großstadt.

Heute haben sich die Verhältnisse hinsichtlich der Verkehrslage und anderer Gefahren geändert. Das kann man bedauern oder schön finden, es ist einfach so, Punkt.

Nun wohne ich schon sehr lange, wie man in Hamburg sagen würde, auf dem Land. Ich nenne es ländlich, mit enger Anbindung an zwei Städte aber den Vorteilen nicht städtisch zu wohnen.

Ich kann mich z.B. auf mein Fahrrad schwingen und in alle vier Himmelsrichtungen damit fahren, bequem auf Fahrradwegen, ohne in den Autoverkehr geraten zu müssen. Es gibt nichts Schöneres als an einem sonnigen warmen Tag durch die Landschaft zu fahren und die frische Luft und die vielen Düfte einzuatmen. Ich will das bestimmt nicht romantisieren aber es ist einfach erholsam und guttuend.

Am besten ist es, wenn ich ein Zwischenziel habe und jemanden besuchen oder zufällig treffen kann. Das lässt sich planen oder ich mache es spontan. Aber auch eine ziellose Solorundfahrt ist ein Genuss. Und es ist auch gleichzeitig noch eine sportliche Betätigung. Wenn ich, als altmodische Fahrradfahrerin, dann jemanden an mir vorbeiziehen sehe, der schätzungsweise genauso alt ist wie ich, gucke ich das Rad genauer an und stelle fest, es ist ein nicht nur mechanisch angetriebenes Rad und grinse zufrieden. So feiere ich meine kleinen Triumphe.

Und dann ist in der heutigen Zeit der geballten Abgase in den Großstädten unzweifelhaft die Luft bei mir besser. Sonst müsste ich meine Fahrradtouren mit einem Mundschutz machen. Aber das habe ich nicht nötig.

Auch die Nachbarschaftskommunikation klappt bei uns noch ganz gut. Ich kenne die meisten meiner Nachbarn. Ich bin nicht sicher, wie das in Großstädten ist. Allerdings muss ich zugestehen, dass mit Neuankömmlingen in der Nachbarschaft der Umgang schwieriger geworden ist und damit auch das Kennenlernen. Aber auch da gibt es unterschiedliches Verhalten.

Und es ist sicher insgesamt ruhiger da wo ich wohne im Vergleich zur Großstadt.

Die Nachteile ländlich zu wohnen liegen natürlich auch auf der Hand. Die Anbindung ans öffentliche Verkehrsnetz ist nicht so einfach, allerdings gibt es auch hier Alternativen und Optionen, wenn man sich darauf einlässt. Die Versorgung mit Einkaufsmöglichkeiten, mit Ärzten mag etwas komplizierter sein bedeutet aber, je nach Wohnort, auch keine große Einschränkung. Kulturelle Veranstaltungen hingegen benötigen schon etwas mehr Planung aber kaum jemand hat die Elbphilharmonie vor der Tür. Schlimmer ist es bei mir auch nicht. Alles, was ich benötige für meinen Seelenfrieden ist erreichbar. Für ältere Bewohner werden Busfahrten von Haus zu Haus zu Veranstaltungen aller Art eingesetzt. Man muss nur wollen und die Angebote annehmen. Das muss man allerdings tun, niemand wird zu seinem Glück gezwungen.

Nur für viele junge Menschen würde die Entscheidung des Wohnortes sicher anders ausfallen als meine. Und das kann ich verstehen. Sie brauchen mehrheitlich Leben um sich herum. Sie suchen alle Möglichkeiten, die ihnen das Leben bieten kann, beruflich, sozial, kulturell.

Ein beschauliches Leben in einer hübschen Kleinstadt, so klein, dass man die oben genannten Vorteile hat und so groß, dass man auch die anderen genannten Vorteile hat. Das wäre die Lösung.

Und dann ist da noch der Sternenhimmel. Der ist ohne Zweifel besser in kleinen Orten zu beobachten als in einer Großstadt, wo die künstlichen Lichter alles überstrahlen.

September

Zum Ende des Sommers werde ich immer wieder an meine historische Berufung erinnert. In lang vergangenen Zeiten, als noch jeder Mensch selbst für seinen Unterhalt und den seines Clans direkt zuständig war und sein Essen im wahrsten Sinne des Wortes sammeln musste, waren die Frauen die Sammler und die Männer die Jäger.

Ich bin natürlich sehr froh, dass es diese althergebrachte Arbeitsteilung nicht mehr gibt. Aber, wie schon bemerkt, am Ende des Sommers falle ich wieder in diese Urstände zurück.

Keine Sorge, ich fange nicht wieder an meine Habe zu vermehren und anzusammeln. Damit würde ich ja alle vorherigen Bemühungen des schmerzlichen Aussortierens und Minimierens meiner irdischen Besitztümer rückgängig machen. Bewahre mich davor!

Nein, ich fange an in meinem Garten diese Sammelleidenschaft zu entwickeln und auszuleben.

Erst sind natürlich die Erdbeeren reif aber das war schon im Frühsommer. Sie sind nur noch eine rosa Erinnerung.

Jetzt geht es um Äpfel, Birnen, Pflaumen. Und um Himbeeren. Sie sind in diesem Jahr besonders vorbildlich, rot und groß und wohlgeformt.

Aber die größte Sammelleidenschaft überkommt mich beim Aufsammeln der Nüsse. Ich habe Haselnüsse, aber nur eine überschaubare Menge. Und ich habe Walnüsse. Es sind nicht in jedem Jahr gleich viele aber immer, wirklich immer so viele, dass ich wochenlang mindestens 1x täglich mit Eichhörnchen und Vögeln um die Wette sammele. Ich habe ein richtiges Indianerauge für meine Nüsse entwickelt, um ja keine zu übersehen.

Wenn die ersten Nüsse fallen, sammle ich sie in einer kleinen Schüssel. Die Mengen steigern sich dann in den kommenden Wochen und nun bin ich auf dem Höhepunkt der Ernte mit einem Eimer unterwegs. Es macht mir unglaubliche Freude, die Dinger zu erspähen, mich zu bücken und sie einzeln in meinen Eimer zu legen. Einige sind noch in ihrer grünen oder bräunlichen Schale, bekommen von mir einen sanften Drehtritt mit dem Schuh und können dann als hölzerne Nuss in den Eimer gelegt werden.

Die Nüsse müssen schnell getrocknet werden, weil sie sonst verschimmeln. Dazu lege ich sie auf Fensterbänke, in Körbe und Kartons auf Zeitungspapier, drehe sie jeden Tag, bis sie durchgetrocknet sind. Das ist viel Arbeit aber selbstgeerntet und verarbeitet, ohne künstliche Zusätze oder Verarbeitungsmethoden, ein gutes Gefühl.

Und dann kommt, wenn die Ernte gut ausgefallen ist, meine gute Tat. Ich gehe in der Nachbarschaft herum und verteile meine Nüsse. Es gefällt mir nach der Sammelei besonders, dass ich so großzügig sein kann.

Natürlich habe ich auch da meine kleinen Rückschläge erlebt. Der Freund einer Nachbarin, der mich nicht kannte, sagte sehr unfreundlich: Wir essen keine Walnüsse und schlug mir die Tür vor der Nase zu.

Eine Freundin bemängelte, dass es immer einmal eine taube Nuss gäbe. Und sie seien ja recht klein, da sei der Aufwand des Nussknackens doch recht groß. Ich gebe zu, von Zeit zu Zeit ist da auch einmal eine Nuss ohne Inhalt dabei und sie sind kleiner als die aus Kalifornien. Die meckernde Freundin wurde aus dem Kreis der zu Beschenkenden gestrichen, sie bekommt keine weiteren kostbaren Nüsse.

Alle anderen Beschenkten sind sehr zufrieden und ich mit ihnen.

Allerdings bin ich einmal doch etwas neidisch geworden. Ich brachte wieder einmal mein Geschenk von Nüssen zu einer Einladung mit und hatte große Jubelrufe erwartet. Stattdessen zeigten mir meine Gastgeber ihre eigene

Nussernte. Schließlich gibt es auch noch andere Menschen mit Gärten und einem Walnussbaum.

Und diese Nüsse hatten die Größe von kalifornischen und französischen Nüssen. Da war ich still geworden und bewunderte ihre Nüsse. Neben meinen sahen sie wirklich noch viel wunderbarer aus. Und sie schmeckten auch gut, natürlich nicht besser als meine, aber immerhin.

Alles geht immer noch besser. Aber gut ist eigentlich auch gut genug. Jedenfalls für mich und meine Nachbarn.

Oktober

Angeblich soll man am Ende seines Lebens nicht die Dinge bereuen, die man getan hat, sondern die, die man nicht getan hat.

Das ist bei mir anders, obwohl diese Reflektion vielleicht noch etwas früh sein könnte. Aber wann ist der oben genannte Zeitpunkt?

Bei mir hält sich diese Reue die Waage, die vielen Dinge, die ich falsch gemacht habe und heute bereue und auf der anderen Seite die Dinge, die ich verpasst habe.

Ich war noch recht jung, als ich mein erstes Kind bekam. So habe ich aus diesem Grund Fehler in der Erziehung gemacht, die ich bei unserem letzten Kind nicht mehr gemacht habe. Da hatte ich dann doch rückblickend einige Erkenntnisse gewonnen, die mir erst spät dämmerten. Aber eine zweite Chance gibt es ja nicht, da kann auch nicht nachträglich repariert werden, es ist zu spät, der Schaden ist angerichtet. Reue hin oder her.

Auch andere Fehler sind von mir gemacht worden, die, wenn sie nicht gemacht worden wären, meinem Leben vielleicht eine andere Wendung hätten geben können. Aber dann wäre ich ein anderer Mensch geworden, dann hätten auch die von mir als positiv empfundenen Dinge nicht stattfinden können, vielleicht. Hätte ich das gewollt?

Natürlich gibt es auch viele Dinge, die ich bereue nicht getan zu haben.

Ich wollte mich zum Beispiel selbständig machen in meinem Beruf, ich wollte einen besseren Schulabschluss machen und studieren, ich wollte schreiben, ach ich wollte so vieles machen oder ausprobieren. Aber ich wurde immer ausgebremst und war nicht stark genug, mich dagegen zu wehren, um diese Vorhaben durchführen zu können. Das ist natürlich, bis zu einem bestimmten Grade, meine eigene Schuld. Aber man muss das ganze Leben über Kompromisse machen, man kann nicht nur nach eigenen Wünschen entscheiden und handeln, hinter dieser Erkenntnis stehe ich. Rücksichtnahme in einer Familie ist ein hohes Gut. Aber nur so weit, wie dies von allen gleichteilig getragen wird.

Wenn ich dann aber überlege, wie es gewesen wäre, hätte ich einen anderen Mann geheiratet oder wäre ich vielleicht unverheiratet geblieben, hätte ich studiert und einen anderen Beruf erlernt, wäre ich in Hamburg wohnen geblieben, hätte, hätte, hätte.

Dann hätte ich jetzt nicht meine Kinder und Enkel, zumindest nicht diese, dann hätte ich schöne Erfahrungen nicht machen könne, die ich in den letzten 50 Jahren gemacht habe, dann wäre mein ganzes Leben anders verlaufen. Aber ob es besser für mich verlaufen wäre, das steht nicht einmal in den Sternen.

Und mein Leben war bisher nicht schlecht, ich habe viel erlebt, ich habe noch viel mehr gelernt, alles positive Dinge, die die Dinge, die ich bereuen könnte, bei weitem aufwiegen.

Und nur das zählt.

Oktober

Man sollte bei einer 70.-jährigen eine gewisse Lebenserfahrung voraussetzen können. Diese Annahme ist sicher gerechtfertigt und trotzdem bemerke ich immer wieder, wie leicht ich, gegen mein besseres Wissen, auf Fehlbeurteilungen meinerseits von Menschen und Situationen hereinfalle. Meine Vorurteile sind so tief sitzend, dass ich selbst erstaunt bin, wie sehr erste Eindrücke und Reaktionen von mir davon beeinflusst werden.

Diese spontanen „These-Antithese- Beurteilungen", die im Unterbewusstsein ablaufen und erst bei genauerer, bewusster Überprüfung die unbewussten Tiefen meiner Beurteilungskriterien offenbaren, können in einigen Fällen zu äußerst peinlichen Erkenntnissen vor mir selbst führen.

Wonach beurteilen wir z.B. Menschen, wenn wir unseren ersten Kontakt mit ihnen haben?

Natürlich nach dem Äußeren, entspricht die Person meinen eigenen Vorstellungen von Kleidung, Gehabe, Frisur, Körperschmuck (Tattoos, Piercing, Modeschmuck oder herkömmlicher Schmuck).

Dann ist die Sprache ein Beurteilungsmerkmal. Stimmlage, Aussprache, Sprachinhalte, Dialekte, fremde Sprachen.

Abschließend sind Mimik und Gestik in allen Nuancen mitentscheidend für meine unterbewusste Zustimmung oder Ablehnung in der Erstbeurteilung eines Menschen.

Ach, das Geschlecht habe ich vergessen. An das Geschlecht ist mein ganzer unterbewusster Erfahrungsschatz geknüpft. Die Kombination von allen oben erwähnten Punkten sind durchaus auch damit verbunden, ob es sich um eine Frau oder einen Mann handelt, auf den/die ich da so unreflektiert reagiere.

Und natürlich die Hautfarbe spielt damit hinein. Kein Mensch soll mir versuchen vorzugaukeln, sie/ihm wäre die Hautfarbe völlig wurscht. Natürlich beurteilen wir einen Menschen, den wir z.B. ganz undifferenziert als Asiaten wahrnehmen anders als einen Schwarzafrikaner oder einen Menschen, den wir als Araber meinen identifiziert zu haben. Und das finde ich auch durchaus in Ordnung, denn der kulturelle Hintergrund spielt eine große Rolle im Verhalten und Auftreten von Menschen.

Bei genauer Betrachtung stelle ich fest, wie sehr ich im Netzt meiner Erfahrung, meiner Erziehung, meiner Umgebung und den Äußerungen meiner Mitmenschen gefangen bin. Schubladendenken leider gar nicht ausgeschlossen!

Ich mache einen Sprachkurs. Wir sind eine sehr gemischte Gruppe, sowohl vom Alter her als auch was den sozialen Hintergrund betrifft. Unsere Gruppe funktioniert gut, wie solche Gruppen meistens in so einem Rahmen funktionieren. Nach kurzer Zeit weiß man einiges voneinander und ich habe mir so meine Meinung von jedem Teilnehmer gebildet.

Nun kam ein jüngerer Mann dazu, der mich persönlich nicht gerade für sich einnahm. Vom Äußeren auf seine Person schließend hatte ich eine genaue Meinung über ihn. Er meckerte laufend darüber, dass er dies und das nicht wisse, weil er nicht von Anfang an dabei gewesen sei und machte irgendwie unsere Kursleiterin dafür verantwortlich. Diese laute Maulerei passte genau zu dem Bild, das ich mir von ihm gemacht hatte.

Dann machten wir beide einen etwas dummen Fehler und kamen an einem Abend 30 Minuten zu früh zum Unterricht, weil wir in der Woche vorher nicht richtig zugehört hatten. Also unterhielten wir uns, was immer besser ist als stumm und dumm nebeneinander zu sitzen und vor sich hinzustarren und auf bessere Zeiten zu warten.

Er erzählte von seiner Familie und von seinen Kindern. Das gefiel mir schon viel besser als seine bisher übliche Nörgelei. Väter, die ein großes Interesse an ihren Kindern haben, haben bei mir eindeutig einen Stein im Brett. Unbedingt.

Wir unterhielten uns prima und meine Vorurteile wurden immer dünner und weniger fundiert. Nicht, dass ich ihn jetzt unbedingt in meinen inneren Freundeskreis aufnehmen wollte, was er sicher auch umgekehrt ablehnen würde, aber ich hatte einmal wieder ein Urteil gefällt, ohne die Details zu kennen.

Wie heißt es so passend, Alter schützt vor Dummheit nicht. Hier liegt der Beweis.

Oktober

Da dies eine Art Tagebuch ist möchte ich jetzt einmal meinen Tagesablauf beschreiben, auch wenn er sich vielleicht nicht viel von anderen 70jährigen Rentnerinnen unterscheiden mag.

Das Aufstehen passiert noch immer viel zu früh und eigentlich vollkommen unangemessen. Ich bin in einem Handwerkerhaushalt aufgewachsen und auch später war ich immer die erste, die aufstand, damit das Weitere gut ablaufen konnte. Das erklärt vielleicht mein frühes aus dem Bett- Hüpfen.

Aber nun kommt die große Unterscheidung zu früheren Zeiten. Es geht alles viel, viel langsamer. Erstens nehme ich mir mehr Zeit, die ich ja auch habe, andererseits dauert alles tatsächlich viel, viel länger. Speziell an diesem Punkt frage ich mich oft, meine Güte, wie habe ich das früher eigentlich alles hinbekommen, ohne ins Trödeln zu geraten. Denn, um ehrlich zu sein, es ist heute viel Trödelei dabei, aber nette Trödelei, wenn ich das einmal so ausdrücken soll. Eine Bekannte erzählte mir gerade, sie sei froh darüber, dass sie nun alles sinnig und suutje angehen könne. Da bin ich zwar ihrer Meinung aber es irritiert mich trotzdem. Aber das mag sich über die kommenden Jahre gedanklich einebnen und von mir als schöne Normalität anerkannt werden. Ich bin da schon auf einem guten Wege.

Zurück zum Tagesablauf. Ich verbringe also enorm viel Zeit im Bad, sicher doppelt so viel Zeit wie in meinen aktiveren Lebensabschnitten.

Auch das Frühstück ist eine besinnliche Zeit geworden, hinter der kein Zeitdruck mehr steht. Ich muss weder mich noch meine Familienangehörigen antreiben. Ich kann meine Bissen 33-mal oder 10-mal oder nur 3-mal kauen, bevor ich sie hinunterschlucke. Ich kann den Tee langsam die Kehle hinunterlaufen lassen, ohne mich der Eile wegen zu verschlucken oder zu verbrühen. Ich kann in Ruhe Zeitung lesen, Radio hören, Kreuzworträtsel lösen. Ein Rentnerleben kann so besinnlich sein!

Nun kommt, je nach Wochentag, das Erledigen der verschiedenen Verrichtungen und Ausübungen, die man mag oder auch nicht, die aber notwendig sind. Wäsche waschen, sauber machen, einkaufen und was da noch so alles ist. Was ich außerdem jeden Tag versuche zu absolvieren ist ein Spaziergang oder ein kleiner Fahrradausflug. Der Spruch wer rastet rostet betrifft nicht nur mein Fahrrad, sondern auch mich selbst. Dazu passt der Spruch mit dem alten Eisen, zu dem ich noch lange nicht gehören will.

Es gibt so viele Dinge, die ich über den Tag verteilt so mache: Lesen, eine neue Sprache lernen, einen kleinen Schnack beim Einkaufen halten, Emails und WhatsApp schreiben und beantworten. Eben all die Dinge die sicher die meisten Menschen in meiner Situation auch machen.

Was ich selten verändere sind die Zeiten meiner Mahlzeiten (eine gewisse Pedanterie ist hier nicht zu verleugnen). Mein Körper verlangt regelrecht danach. Bilde ich mir zumindest ein. Dazu gehört das nachmittägliche Stück Kuchen. Da weiche ich sicher vom Täglichen vieler Altersgenossen ab, denn das ist ja nun gar nicht gesund. Und ob man es glauben will oder nicht, das stört mich nicht im Geringsten. Mein tägliches Stück Kuchen ist etwas, wonach mein Körper besonders verlangt. Das kann ich einfach nicht überhören, dieses Verlangen. Dagegen muss regelmäßig etwas getan werden und damit meine ich täglich. Und heute kann ich es mir leisten, zeitlich und finanziell.

Was mir aber ebenso lebenswichtig ist sind Begegnungen mit meinen Mitmenschen. Ich bemühe mich darum, an jedem Tag, den ich lebe Verabredungen und zufällige Kontakte herbeizuführen. Da ist ein Telefonat für mich nur ein dürftiger Ersatz für ein Aug-in-Aug-Gespräch. Ich brauche mein spontan visuell reagierendes Gegenüber. Das weckt meine Lebensgeister, mein Gefühlsleben und meine Gedankenwelt.

Zum Tagesabschluss kommt wieder mein leicht autistischer Wesenszug zum Tragen. Tagsüber wird nicht ferngesehen, abends immer. Da ist die Wahl des Programms zwar nicht unwichtig aber nicht dominierend. Auch wenn das

Programm wieder einmal zu dumm zum Angucken ist, es wird geguckt. Da bin ich so einfallslos wie man es sich nur vorstellen kann. Wenn ich lesen würde, würde ich einschlafen, was mir vor dem Rechteck auch so oft genug passiert. Aber dann schrecke ich wenigstens nach einigen Minuten vom Ton wieder hoch. Beim Lesen würde ich gleich weiterschlafen in einer doch wenig altersgerechten Haltung. Nein, nein, dann lieber den Quatsch im Fernsehen angucken.

Es gibt da für mich nur eine Ausnahme, für die ich diese Routine über den Haufen werfe: Eine Verabredung mit Freunden ins Theater, ins Kino oder einfach so.

Oktober

Eine Beerdigung ist selten eine erfreuliche Angelegenheit.

Bei so einem Anlass überrumpeln die Zurückgebliebenen viel Gedanken, kommen ins Bewusstsein und setzen sich fest, um länger bewegt zu werden.

Wie lange noch wird man sich an den Verstorbenen erinnern, eine Generation, zwei vielleicht, drei Generationen sind die Ausnahme. Nach diesem Zeitraum erinnert man nur noch historische Größen, alle anderen sind bald vergessen. Als hätten sie nie gelebt.

Kinder erinnern sich ihrer Eltern, viele Enkel ihrer Großeltern. Aber wer kennt noch seine Urgroßeltern von Angesicht zu Angesicht? Und wer erzählt von ihnen? Einfach vergessen! Nicht einmal mehr Sand oder Schmieröl im Getriebe der Familie, der Gemeinschaft, des Staates, der Welt.

Die Ecken und Kanten einer Person glätten sich nach ihrem Tod, sie werden rund, stumpf und verblassen bald ganz. Die Nachkommen leben hier und heute und haben damit genug zu bewältigen.

Nach dem Tod eines nahen Verwandten muss man sich oft zwangsläufig mit der eigenen Familienvergangenheit befassen. Papiere müssen geordnet werden, Versicherungen, Abmeldungen aller Art müssen bearbeitet werden bevor das offizielle Erdendaseinende einer Person vollzogen ist.

Man stolpert über viele, viele Familiendokumente und stellt fest, dass Tante Hertha einen Zwillingsbruder hatte, der schon bei der Geburt starb, so so. Und Onkel Willi hatte immer erzählt, dass seine Großmutter Spanierin gewesen sei, womit er immer seine schwarzen Haare erklärt hatte aber aus der nun vorliegenden Heiratsurkunde geht eindeutig hervor, dass sie in Köln geboren war. So ein Aufschneider, der Onkel Willi!

Nach dem Tod meines Vaters sah ich zum ersten Mal Urkunden, die ich nie vorher gesehen hatte. Nach seiner Beerdigung sahen wir die Familienpapiere durch, was trotz aller Trauer durchaus ein spaßiges Unterfangen war. Wir konnten unerwartete Zusammenhänge aus Daten erstellen, die uns allen unbekannt waren. Was ist denn das, fragte ich mich. Aus der Geburtsurkunde meines Vaters und der Heiratsurkunde seiner Eltern ging eindeutig hervor, dass mein Vater vor der Eheschließung geboren war. Sag an, sag an! Heute alles kein Problem mehr, aber damals........?

Die Frage an meine Mutter: Was weißt du denn noch von deinen Großeltern? Dies wurde knapp mit einem: nicht viel beantwortet. Aber über einen langen Zeitraum fiel ihr dann doch das eine oder andere wieder ein, Fotos wurden herausgesucht und viele Puzzlesteine zusammengetragen und es entstand erst eine schemenhafte Vorstellung, die nach und nach Gestalt annahm und lebendig wurde.

So konnte ich noch über viele Jahre Familienerinnerungen festhalten, denn meine Mutter war die einzige verbliebene Quelle für derartige Informationen.

Sicher gibt es auch andere Möglichkeiten Familienforschung zu betreiben. Aber über Kirchenbücher oder Zensusinformationen kommt man nur an nackte Fakten heran. Man erfährt rein gar nichts über Persönliches dieser Vorfahren. Obwohl es auch interessant ist Familienstand, Anzahl der Kinder, Wohnort und Adresse usw., herauszubekommen. Aber es ist eben nicht mehr als dies.

Also geht bei jeder Beerdigung nicht nur das irdische Leben eines Menschen endgültig zu Ende sondern auch sein Wissen, seine Gedanken und damit alles was sein Leben ausgemacht hat.

Vielleicht hätte man vor seinem/ihrem Tod etwas mehr Interesse und Respekt zeigen sollen. Und man hätte fragen sollen, einfach fragen.

Immer wieder werden 100jährige danach gefragt was ihr Rezept für ein langes Leben sei. Die Antworten sind vielfältig, erstaunlich, abwegig und nicht immer ganz glaubwürdig. Aber was soll ein Hundertjähriger auch auf diese Frage sagen?

Auch die Forschung hat immer wieder alte und neue Antworten darauf, was man tun muss, um alt und weise zu werden. Auch diesen Verlautbarungen kann man nicht unbedingt glauben.

Rauchen ist schlecht für die Gesundheit. Das wird generell stimmen aber was ist mit dem immerzu qualmenden Helmuth Schmidt (obwohl letztendlich auch tot, muss er für viele Thesen und Antithesen herhalten)?

Alkohol ist schädlich. Auch das mag als Kernaussage stimmen, wobei die Menge sicher entscheidend ist. Aber was ist mit den vielen Antworten der befragten Betagten, die da sagen: „Ach, ein Gläschen Wein, Schnaps, Bier oder Likör, hat mich so alt werden lassen."

Oder der Konsum von Knoblauch (bitte nur mit Petersilie zusammen, damit man nicht vorzeitig an Vereinsamung stirbt!), oder die Einnahme diverser „erprobter" Pillen, durch deren Konsum zumindest der Hersteller sich ins Fäustchen lacht.

So vielfältig wie wir Menschen sind, so mannigfaltig sind die Rezepte. Und wenn man an das glaubt, was man selbst schluckt, einreibt oder spritzt, so richtig fest glaubt, dann mag es auch wirken. Behaupte ich als eingefleischte Skeptikerin.

Trotz all meiner Zweifel an einem Patentrezept bin ich immer wieder von Bewunderung ergriffen, wenn ich einige meiner Mitmenschen agieren sehe.

Da ist meine 97-jährige Nachbarin, die noch in ihrem Haus wohnt, Haus- und Gartenarbeit ohne Hilfe erledigt inklusive Fensterputzen und sogar noch vor 2 Jahren selbst geschlötet hat. Für alle nicht Eingeweihten, Schlöten nennt man bei uns das Säubern von Gräben. Ich sah sie im Graben stehend, nur der Kopf war noch zu sehen, mit der Mistgabel den Graben säubern und fragte mich, wie um Gottes Willen will sie da wieder herauskommen? Aber als ich sie später wiedersah war sie munter, vergnügt und vollkommen in einem Stück. Sie mäht Rasen und bückt sich, um Unkraut zu entfernen mit einer Grazie, die ich nicht aufbringen kann.

Ein anderer Nachbar fuhr auch in hohem Alter noch Fahrrad. Er sagte, dass sei einfacher als zu laufen. Das mag durchaus sein aber er fuhr tatsächlich mit Clogs. Ich habe keine Ahnung, wie er auf das Rad hinauf und vom Rad wieder herunter kam. Aber auch ihn habe ich nie mit einer Blessur von diesen Abenteuern gesehen.

Und dann gibt es die entgegengesetzten Beispiele. Meine Mutter war seit ihrem Studium mit einem Ehepaar befreundet, der Mann war körperlich sehr aktiv, die Frau bewegte sich nicht aus ihrer Sofaecke heraus. Es hieß schon in jungen Jahren: Kommt Hedi nicht mit? Nein, du weißt doch, sie kann das alles nicht, das würde sie überanstrengen. Und was war das Ende der Geschichte? Die unbewegliche, nicht trainierte Hedi überlebte ihren aktiven Mann um einige Jahre. Hier muss eindeutig darauf hingewiesen werden, dass er weder durch einen Unfall noch durch Suizid starb. Vielleicht konnte er das unbegründete Verhalten seiner Frau nicht mehr ertragen? Wie das Leben so spielt, vollkommen unvorhersehbar, einfach unfair.

Gibt es also ein richtig oder falsch? Ich glaube schon. Aber es ist so individuell und erst am Ende wüsste man was richtig oder falsch war. Und so lange sollte man nicht warten.

November

In unserem Lokalblatt fand ich gerade eine Todesanzeige von einer 106-jährigen. Ich weiß zwar nicht, wie es ihr in den letzten Jahren ergangen ist, ob sie noch Freude am Leben hatte oder ob sie dessen überdrüssig war, aber 106 ist ein wirklich beträchtliches Alter. Sie hat den letzten Kaiser von Deutschland noch erlebt, beide Weltkriege, die Gründung der Bundesrepublik. Den Wechsel von der Reichsmark zur D-Mark, zum Euro.

Ob sie noch bewusst in die digitale Welt eintauchen konnte und wollte ist mir nicht bekannt. Obwohl sie in ihrem Alter vielleicht keine praktische Anwendung mehr für Laptop, Tablet, Smartphone und Co hatte, hat sie vielleicht ihren Urenkeln noch staunend oder kopfschüttelnd zugesehen, wenn diese auf ihre Displays sahen und tippten.

Dabei komme ich mir schon oft wie ein Fossil vor, wie muss sich diese Frau erst gefühlt haben, wenn sie diese neuartigen Ausrüstungen sah?

Aber um auf mich als Fossil zurück zu kommen. Einem jungen Menschen etwas von einem Telefon zu erzählen, das an einer Schnur festgebunden war oder einer Telefonzelle an jeder 3. Straßenecke oder einer Wählscheibe am Telefon, die heute wirklich etwas altmodisch anmutet, ist sicher einem Menschen unter 30 schwer zu vermitteln. Große Töpfe, in denen man Wäsche wusch, aus heutiger Sicht ein abenteuerliches Unterfangen, und ob einem geglaubt wird ist ungewiss. Aber der Wahrheitsgehalt dieser Geschichten lässt sich ja schnell mit einigen Tastendrücken auf dem schlauen Smartphone lösen. Oh, tatsächlich, das hat es früher gegeben und es ist noch gar nicht einmal soo lange her. Naja, ein bisschen schon aber die Frau, die das erzählt (das bin in diesem Falle ich) ist ja auch schon uralt. Meinen die Jungen zumindest.

Sogar die bekannten Fast Food Ketten mit ihren kulinarischen und abwechslungsreichen Menüangeboten, kannte man nicht. Ist das vorstellbar?

Das Wort „gay" hat seine ursprüngliche Bedeutung total eingebüßt, obwohl es eigentlich einfach „fröhlich" hieß. Wer glaubt mir das denn?

Pampers sind eine wunderbare Erfindung der letzten 40 Jahre, davor war das ganze Thema unappetitlicher und viel arbeitsaufwendiger, dafür billiger und umweltschonender. Alles hat eben seinen Preis, wer hätte das gedacht!

Wie soll ein junger Mensch, der mit dem Euro aufgewachsen ist einen Begriff von der D-Mark haben, diesem Dinosaurier einer Währung, der viele der über 25jährigen so nostalgisch nachtrauern?

Wie sollen sie verstehen, dass aus einem einfachen Porzellanfilter als Aufsatz auf einer Kaffeekanne ein extrem kostspieliges und hochkompliziertes Statussymbol werden konnte? So etwas hat man heute eben und führt stolz seine Funktionen vor. Schmeckt das Ergebnis besser als früher? Nicht unbedingt. Aber dafür ist so ein hochmodernes Gerät so vielfältig und kann alle möglichen Kaffeevariationen herzaubern. Das muss ich unumwunden zugeben, auch wenn ich persönlich nur kurz nach der Neuanschaffung alle diese Möglichkeiten nutzen würde. Danach würde ich wahrscheinlich zum Alterprobten zurückkehren.

Ich will nicht behaupten, dass ich in die Zeit vor den Anfängen der modernen Technik zurückfallen möchte, bestimmt nicht. Ich finde ein Leben ohne eine funktionsfähige Waschmaschine, einen leise surrenden Kühlschrank und einen Staubsauger nicht wünschenswert. Aber es geht alles so schnell, ich weiß nicht, wie lange ich dem noch geistig und anwendunsmäßig folgen kann. Es ist doch noch gar nicht so lange her, dass Feuer mit einem Feuerstein erzeugt wurde, obwohl ich zugeben muss, dass das vor meiner Zeit war.

Ich wüsste gern, wie verwirrt die heutigen jungen Durchblicker und Anwender in, sagen wir mal 40 Jahren sein werden. Dann werden sie uns Ältere vielleicht verstehen. Aber dann kommt dieses Verständnis für uns zu spät und ihre Nachkommen werden sie dann nicht verstehen. So ist das leider immer mit den Generationen.

November

Als wir noch in der Großstadt wohnten sind wir durchaus einmal zu Jazzkonzerten gegangen. Die gab es in Hamburg im Stadtpark, die gab es bei Onkel Pö und auch an anderen Veranstaltungsorten.

Dann, als wir ländlich wohnten, gab es auch hier Orte, an denen guter Klassikjazz gespielt wurde. Aber dann kam es langsam bei uns aus der Mode oder wir hatten Drängenderes zu tun, ich kann mich nicht genau an die Gründe erinnern.

Vor einem Jahr stellte ich fest, dass Jazzkonzerte nicht ausgestorben sind, ich sie nur nicht mehr wahrgenommen hatte. Da war es natürlich nur folgerichtig einmal wieder in ein solches Konzert zu gehen. Ich fragte Freunde, wer hat Lust, wer kommt mit? Es ging da nicht Wenigen wie mir, die eine gute Erinnerung an Jazzkonzerte aus ihren jüngeren Jahren hatten.

Das Konzert fand in einem alten Lokschuppen statt, verräucherte Atmosphäre vom Ambiente her, heutzutage aber ganz ohne stinkenden Qualm, es war wie damals. Die Musik war auch wie damals, auch die Musiker kamen, genau wie ihre Zuhörer, aus einem anderen Jahrhundert. Alles war stimmig.

Ein sehr altes Paar geleitete sich gegenseitig stützend auf die Fläche vor der Bühne und fing an zur Musik zu tanzen. Sie kamen eindeutig mit Formationstanzkenntnissen daher. Es sah sehr anrührend aus, wie sie Nostalgie zelebrierten. Sie wiederholten diese Tanzeinlagen noch zweimal. Ich bewunderte sie dafür.

Der nächste Termin für ein Jazzkonzert am selben Ort wurde bekannt gegeben, wir nickten uns gegenseitig zu. Selbstverständlich gehen wir auch zu dem Konzert. Es gefällt uns allen sehr viel mehr als die vielumjubelten volkstümlichen Klänge, denen man sonst zuhören kann und die andere Menschen begeistert.

Aber natürlich, jeder wie er mag. Soviel Platz muss auf der Welt sein.

Früher, soll heißen bis vor kurzem, konnte ich mich absolut auf mich selbst verlassen. Auf wen denn sonst, könnte man sagen, wenn nicht auf sich selbst.

Ich beziehe dies in erster Linie darauf, dass ich alles, was routinemäßig gemacht werden musste auch zuverlässig ausgeführt habe.

Es gibt Menschen, die xmal wieder ins Haus oder die Wohnung gehen, um nachzuprüfen, ob der Herd aus ist, das Bügeleisen abgestellt wurde, der Wasserhahn zugedreht ist, der Wecker abgestellt, das Wasser an der Waschmaschine abgedreht, die Fenster geschlossen sind.

Das war niemals eines meiner Probleme, da konnte ich mich voll auf meine Routine verlassen. Alles lag an seinem Platz, um langes Suchen zu vermeiden, es ging alles wie am Schnürchen.

Es gibt sicher viele Menschen, die diese Art von Verlässlichkeit und Routine verachten. Ich aber nicht, ich halte mir so den Rücken frei für Dinge, die mir sonst noch wichtig sind.

Aber wie bei vielen anderen Dingen musste ich in den letzten Wochen und Monaten feststellen, dass auch diese Selbstverständlichkeiten vergänglich und kein unumstößliches Bollwerk mehr sind. So ein Pech, ich kann mich also nicht mehr auf mich verlassen. Es ist schmerzlich dies zu realisieren. Sehr schmerzlich.

Dass man sich auf andere Menschen nicht immer verlassen kann und das wohl auch nicht unbedingt sollte, diese Erfahrung macht man schon früh im Leben. Aber nun ist mein Vertrauen in mich selbst brüchig geworden.

Da liegt doch der Schlüssel nicht mehr da wo er sonst immer lag, wirklich immer. Viel Zeit geht verloren mit Suchen. Gut, dass ich Rentnerin bin und nicht zur Arbeit gehen muss, die Kinder nicht auf den Weg zur Schule gebracht werden müssen, die Waschmaschine nicht noch eben angestellt, die Betten nicht noch schnell hergerichtet werden müssen.

Nein, ich habe Zeit zum Suchen, wenn auch absolut keine Lust dazu. Hat doch früher geklappt, warum jetzt nicht mehr?

Und ich habe den Arzttermin nicht sofort in den Kalender eingetragen und dann natürlich später vergessen. Und nun muss ich in der Praxis nachfragen. Die denken sicher ich sei verwirrt und sagen dies meinem Arzt und er soll mal ein Auge darauf haben.

Noch schlimmer wäre es natürlich, wenn ich einen Termin total vergessen sollte und später darauf angesprochen würde und ein ertapptes Gesicht machte. Zum Glück bin ich noch nicht so weit, nein, noch kann ich alles beheben, bevor es jemand bemerkt. Das ist wichtig!

Ich habe den Kaffee aufgebraucht und vergessen eine Packung auf Vorrat zu kaufen. Auch das ein Vorgang, der mir früher nicht passiert wäre.

Vielleicht bevorraten sich deswegen einige ältere Menschen, für mich so wenig nachvollziehbar, insbesondere mit Klopapier. Also, wenn in einem Einpersonenhaushalt mehr als 3 unangebrochene Packungen Klopapier sind, dann komme ich doch ins Grübeln. Aber vielleicht ist das der Grund. Diese Menschen können sich selbst nicht mehr trauen und ihr größter Alptraum ist der, kein Klopapier im Haus zu haben. Ich kenne solche Menschen, habe aber nie über ihre Motive nachgedacht.

Wo ist meine Handtasche? Ich lege sie immer auf einen bestimmten Platz im Flur. Nun ist sie weg. Langes Suchen bis die Erkenntnis dämmert, dass ich beim letzten Mal, als ich nach Hause kam ganz schnell ans klingelnde Telefon gerannt war und die Handtasche irgendwo hingeworfen hatte. Aber wohin nur?

Noch schlimmer finde ich aber die Tatsache, die mir zunehmend passiert, dass ich Dinge am richtigen Fleck suche, sie aber da nicht finde, sondern erst bei nochmaligem Hinsehen feststellen muss, dass sie doch da sind wo sie hingehören. Wieso habe ich sie nicht beim ersten Hingucken gesehen? So etwas ist immer anderen Familienmitgliedern passiert aber niemals, ich betone niemals, mir. Meine Güte, wie weit ist es mit mir gekommen!?

Vielleicht ist bei all diesen neuen Entwicklungen mehr Gelassenheit gefragt. Aber ob ich dazu in der Lage sein werde meinen kleinen und großen Nachlässigkeiten mit mehr Gelassenheit begegnen zu können, da bin ich sehr unsicher.

Was soll ich machen, ich muss mich wohl damit abfinden. Aber ich finde das schlecht gemacht von der Natur.

November

Jeder Mensch hat seine kleinen oder großen Ticks. Ich bin immer wieder froh, wenn ich die auch bei meinen Mitmenschen ausmache und zwar nicht nur meine Ticks bei anderen sondern auch ganz neue, die nicht meine sind.

Erst einmal zu meinen eigenen Ticks, die meine Familie immer wieder amüsieren. Das an sich ist doch schon einmal eine positive Sache, wenn man mit seinen Unzulänglichkeiten Menschen erheitern kann. Da bin ich ganz cool, wie man Neudeutsch sagt (oder ist das auch schon wieder überholt? Das geht ja heute alles so schnell.)

Also, ich gestehe, ich habe einen Hygienetick. Und ich muss zugeben, dass der nicht immer in ganz logischen Bahnen verläuft. Also, für mich natürlich schon aber für meine Mitmenschen sind da kleine Unebenheiten zu bemerken, wenn sie denn überhaupt diesem Tick folgen können.

Wenn ich das Zimmer in einem Hotel betrete, wird erst einmal so desinfiziert, dass ich die wichtigen Funktionen in diesem Zimmer durchführen kann. Es wird gesprüht und gewischt, hier noch etwas und da noch etwas. Dann wird das Zimmer freigegeben, was auch für meine Familienmitglieder gilt, sie sind mein erweitertes Ich und sollen auch nicht mit gewissen Dingen in Kontakt kommen. Ja, ich weiß schon, Dreck usw. macht immun und überhaupt und sowieso.

Aber diese Tätigkeiten gehen nicht so weit, wie es angeblich bei Marlene Dietrich gewesen sein soll, die die Ärmel aufkrempelte, sich einen Eimer mit Wasser bestellte und den Boden wischte. Ob Frau Dietrich bei der Buchung der Hotelzimmer sichergestellt hatte, dass es keine Teppiche in ihrem Hotelzimmer gab ist nicht bekannt. Teppiche wischen wäre wohl nicht so angebracht gewesen.

In meinem Haus würde ich auch gerne die in deutschen Landen noch nicht so gängige Variante des "Schuhe- an- der- Haustür- Ausziehens" einführen. Das verstehen aber viele Nordeuropäer nicht. Diese uneinsichtigen Menschen kommen dann aber weder in mein Bad, noch in mein Schlafzimmer. Da bin ich ganz rigoros und durchsetzig.

Ein Problem können Handwerker sein. Meine Handwerker kennen das schon, beim Betreten Schuhe aus! Die meisten akzeptieren das auch aber nicht alle. Da bekam ich einmal zur Antwort: Das erlaubt die Berufsgenossenschaft nicht. Na, sowas!

Ich meine, wer möchte schon, dass der Klempner, oder Installateur wie man heute gehoben sagt, mit seinen Brauchabwasserschuhen durch meine eigenen vier Wände stapft. Ich gebe zu, meine Phantasie ist da grenzenlos und einfach meiner Höflichkeit im Wege.

Ich vermeide es auch meinen Mitmenschen die Hand zu geben. Auch dies eine Unhöflichkeit meinerseits, wie mir durchaus bewusst ist. Aber auch da schlägt meine Einbildungskraft Purzelbäume und ich würde am liebsten nach jedem Händeschütteln sofort zu Seife und Wasser greifen. Das würde aber verständlicherweise niemand verstehen. Auf noch weniger Verständnis würde ich stoßen, wenn ich nach solchen Höflichkeitsfloskeln ein Desinfektionstuch aus meiner Tasche hervorziehen würde. Mein soziales Umfeld würde sich über meinen Geisteszustand befragen und mein Freundes- und Bekanntenkreis würde sich schnell dezimieren. Da greift dann doch mein Verstand ein und verbietet solches Vorgehen.

Ich lese auch nur neu erstandene Bücher, keine schon einmal gelesenen, schon gar keine Secondhand Bücher. Das ist ein teurer Tick, weil ich viel lese. Da würde ein E-Reader Abhilfe schaffen aber da kommen wieder andere Vorlieben ins Spiel, wie Buch in der Hand, Aussuchen im Buchladen usw.

Nun habe ich meine Seele offen gelegt und freue mich über jeden Mitmenschen, der ähnlich denkt und handelt und davon gibt es jede Menge.

Zum Glück. Und schon fühle ich mich nicht mehr so alleine in meiner vertickten Welt.

Und dann sind da die vielen Eigenarten der Anderen, die ich so beobachte.

Es gibt Menschen, die haben einen Hamstertick, das Bedürfnis sich in einer Zeit des Übermaßes zu bevorraten, in der in jedem Supermarkt, um die Ecke alles Lebensnotwenige zu haben ist. Das kann nun ich wiederum nicht verstehen. Dies alles nimmt Platz weg und vieles hat Verfallsdaten.

Ich kenne Menschen, die Berge von Lebensmittel einkaufen, weil es sein könnte, dass jemand unverhofft zu Besuch käme und sie nichts zum Essen hätten. Da landen dann die Köstlichkeiten über kurz oder lang im Müll, spätestens, wenn Schimmelbefall sichtbar wird.

Oder Menschen, die nur in einem gekachelten Schwimmbad schwimmen, weil sie bis zum Grund sehen müssen, um sich sicher zu fühlen. Das kann ich nachempfinden auch wenn ich damit kein Problem habe.

Oder Menschen, deren Ordnungssinn an Selbstterror denken lässt. Alles muss genau an diesen Platz und an sonst keinem zu liegen kommen. Alles muss genau übereinander angeordnet sein, der Schreibtisch kann nur in dieser Konstellation existieren. Und damit meine ich nicht die Menschen, bei denen dies krankheitsbedingt ist. Aber wo fangen diese Dinge an pathologisch zu werden?

Und die Anderen, die eine chronische Unordnung um sich verbreiten. Ich spreche nicht von pubertierenden Teenagern, die ihre Eltern provozieren wollen. Das ist deren gutes Entwicklungsrecht.

Aber eine geplante Unordnung, wenn sie auf übergeplante Ordnung trifft sollte vielleicht doch ein Eheausschlussgrund sein. Da muss man schon realistisch sein oder sich mit seinen Ticks anzupassen versuchen, bevor eine Trennung unumgänglich erscheint.

Meine Definition ist folgende: Meine Ticks sind ganz alleine meine und dürfen meine Mitmenschen nicht einschränken oder zu stark behindern. Naja, ein ganz kleines bisschen vielleicht.

November

Gestern habe ich etwas gehört, was mich sehr nachdenklich gemacht hat. Ich setzte einmal voraus, dass die Information, die ich erhielt, den Tatsachen entsprach aber warum sollte ich daran zweifeln, die Information war aus erster Hand.

Es ging um eine gemeinsame Klassenreise von 5 Schulklassen des 6. Jahrgangs. Eine Mutter erzählte mir, dass ihr Sohn nicht auf diese Fahrt mitgehen wolle und durch nichts zu überreden sei.

Die Tatsache an sich ist vielleicht noch nicht so außergewöhnlich aber was sie mir dann erzählte war es umso mehr. In diesen 5 Klassen waren insgesamt 10 Schüler, die an besagter Fahrt nicht teilnehmen wollten. Das sind durchschnittlich 2 pro Klasse.

Nun kenne ich die Gründe der einzelnen Kinder nicht, ob sie finanzieller oder welcher Art auch immer sind. Aber selbst, wenn ich einmal davon ausgehe, dass bei 4 Kindern nachvollziehbare Gründe vorliegen, dann bleiben noch 6 Kinder übrig, die sehr persönliche Beweggründe haben müssen.

Ich kenne die Aussage der Mutter, die mir dies alles erzählte. Ihr Sohn fühle sich gemoppt, sowohl physisch als auch durch dumme Sprüche anderer. Und außerdem wolle er nicht mit so vielen anderen Kindern zusammen schlafen. Wie die Gewichtung hier tatsächlich liegt kann ich nicht beurteilen aber betroffen hat es mich schon gemacht.

Diesen Kindern kann sich eine Erlebniswelt nicht erschließen, die ohne das Zusammensein mit Gleichaltrigen anderweitig schwer erlebt werden kann. Sie werden so kaum lernen wie es ist gegenseitig Rücksicht nehmen zu müssen, anderen gegenüber Mitleid und Verständnis entgegenzubringen oder gemeinsame Freude in der Gruppe zu erleben. Es gibt so vieles, was man nur erlernen kann, wenn man einmal einige Tage und Nächte mit

Menschen zusammen ist, die man sich nicht selbst als Gesellschaft ausgewählt hat.

Ich kann mich an das erste Mal erinnern, als mein Sohn mit seinen Pfadfindern ein Wochenende verbringen sollte/wollte. Ich hatte gar nicht über die Situation nachgedacht, die ihn erwarten würde und ihn deswegen auch nicht darauf vorbereitet. Als wir den Schlafraum betraten, mit ca. 6 Betten und ein Bett für ihn aussuchten, sah ich sein Gesicht, in dem sich leichte Panik abzeichnete. Mit so vielen Kindern hatte er noch nie in einem Zimmer geschlafen. Ich versuchte ihn dann zu beruhigen und sagte ihm, wenn es gar nicht ginge würde ich ihn wieder abholen aber er solle es erst einmal versuchen. Natürlich hat er es geschafft und ist das ganze Wochenende dort geblieben.

Bei meinen anderen Kindern hat sich die Frage ob sie auf eine Klassenreise mitfahren würden oder nicht nie gestellt. Und da kann ich mich selbst gleich anschließen. Es wäre mir nie in den Sinn gekommen dagegen zu revoltieren. Es war keine Option. Die Vorfreude hat eine Ablehnung ohnehin nicht aufkommen lassen.

Nun bin ich bestimmt kein Vertreter der Ansicht, dass früher alles besser war. Das war es nicht, wenn ich an die Waschtage unserer Groß- und Urgroßmütter denke, an ein Saubermachen ohne Staubsauger, an Beschäftigungsverhältnisse, die nicht durch Sozialversicherungen abgesichert waren.

Aber irgendetwas muss sich in unserer Gesellschaft verändert haben, dass es einigen Kindern erschwert an bestimmten Gemeinschaftsunternehmungen teilzunehmen zu wollen. Die Frage ist nur, was hat sich verändert.

Ich weiß die Antwort auch nicht, mache mir aber so meine Gedanken.

Was ich weiß ist die Tatsache, dass Kinder von ihren Vorbildern lernen, also von dem, was wir ihnen vorleben.

Sind wir alle zu ichbezogen geworden und sehen den Menschen neben uns nicht mehr?

Haben wir Angst vor Nähe?

Sind wir konfliktscheuer geworden und haben Angst diese auszutragen oder einfach nur zu ertragen?

Fällt es uns zunehmend schwer uns auf unsere Mitmenschen einzulassen, sie als Individuen zu erleben, sie genauso wichtig zunehmen wie wir uns selbst?

Werden die kleinen und großen Egomanen dieser Welt und die Draufhauer und sich Durchsetzer siegen?

Oder machen wir unseren Kindern zu viele Zugeständnisse?

Wie schon erwähnt, ich kenne die Antwort nicht aber es macht mich nachdenklich und ein wenig traurig.

November

Altersgenossen klagen zunehmend über ihre Leiden, Krankheiten und Gebrechen. Viele haben das schon vor dem Eintritt ins Rentenalter getan aber es nimmt eindeutig als Gesprächsthema zunehmend Raum. Wenn einer in der Runde anfängt gibt es kein Halten mehr. Ein höchst infektiöser Vorgang.

Solange man jung ist, fühlt man seinen Körper nicht, zumindest im Normalfall. Psychisch ist das eine andere Sache. Ob als Kleinkind mit Verlustängsten, als unverstandener Teenager, als Futter-, Bulimie-, Alkohol oder sonst wie Ausprobierer oder Abhängiger, seelische Probleme erlebt man schon bevor man seinen Körper spürt.

Erst wenn körperliche Mängel einsetzen wird einem bewusst, dass man einen Körper hat und wie wunderbar er bisher funktionierte.

Körperliche und seelische Probleme betreffen insbesondere die Menschen, die eine Behinderung haben ob angeboren oder durch Unfall. Das ist mir wieder bewusst geworden als ich in unserem kleinen schnuckeligen Kino gestern einen Film über die Paralympics in London sah. Der Film selbst war sehr beeindruckend um zu verstehen was Mut, Kraft und menschlicher Wille alles erreichen kann. Anwesend bei der Vorstellung war die querschnittgelähmte mehrfache Goldmedaillengewinnerin im Schwimmen Kirsten Bruhn. Sie beantwortete im Anschluss an den Film Fragen aus dem Publikum und erzählte aus ihrem persönlichen Alltag als Rollstuhlfahrerin. So viel Kraft, Mut, Lebensmeisterung und trotz allem Lebensfreude war unglaublich, bewundernswert und veranlasste zum kurzen Innehalten.

Und da kommt Helga mit ihren Wehwehchen und Fritz mit seinen altersbedingten Einschränkungen. So rückt sich Vieles wieder in eine Perspektive.

Natürlich ist es schlecht, wenn der Rücken, die Hüfte und der versiebte Kopf nicht mehr so funktionieren wie mit 20. Und mit Jemandem der unheilbar und enorm lebenseinschränkend erkrankt ist möchte ich bestimmt nicht tauschen.

Dann gibt es da die große Anzahl von psychischen Erkrankungen, die mit Sicherheit auch das simple Leben zu einem unüberwindbaren Hindernis machen können. Und es ist auch nicht immer leicht, sich aus dem Zustand einer tiefen Depression wieder heraus zu manövrieren.

Mit all diesen belastenden Informationen um mich herum, die mir sagen was alles nicht funktioniert und was mich noch alles befallen könnte, darf ich nicht vergessen was noch alles funktioniert. Und das ist mehr als das, was nicht mehr geht und was mich einschränkt.

Ich kann laufen, ich kann essen, ich kann lachen, ich kann mich freuen, ich kann reisen, ich kann Geld ausgeben oder sparen, ich kann reden, ich kann Entscheidungen fällen, ich kann lesen und was noch alles. Eine unendliche Liste von positiven Dingen, wer von den ewigen Nörglern hätte das gedacht?!

Vielleicht sollte ich jeden Abend das tun, was die Engländer als „to count your blessings" nennen. Blessings bedeutet Gnade, Segen, Wohltat. Soll heißen, man sollte seine positiven Befunde zählen. Gute Gesundheit, erfüllende Arbeit, ausreichendes Einkommen, gesunde Familie, verlässliche Freunde. Es gibt so Vieles, für das man dankbar sein müsste, was aber nur durch Abwesenheit ins Bewusstsein gerät. Dieses „die Dinge zählen für die man dankbar sein sollte" würde sicher ehr ein Lächeln ins Gesicht vieler Menschen zaubern als den ewigen Krankheitsgeschichten (den mehr oder minder trivialen) zu lauschen, die bei Menschenzusammenkünften nur so herausprudeln.

Die Olympionikin Kirsten Bruhns hat mir das wieder einmal klar gemacht, das sind wichtige Erkenntnisse.

Dezember

Ich habe einen kleinen Freund, oder eine kleine Freundin, eigentlich geschlechtsneutral.

Ich entscheide mich für Freund. Er ist auf eine ungewöhnliche Weise zu mir gekommen oder ich zu ihm, er wurde mir geschenkt, eigentlich gegen meinen Willen. Wir hatten uns schnell aneinander gewöhnt und bald wollte ich ihn nicht mehr missen. Er ging fast überall mit mir hin.

Die nächste Version eines Freundes dieser Art wurde mir wieder geschenkt, auch diesmal ohne meine Einwilligung oder meinen Wunsch. Auch an ihn habe ich mich gewöhnt, wenn auch mit mehr Vorbehalt und mit einer längeren Eingewöhnungsdauer.

Dann habe ich meinen Freund versehentlich „gebadet", vollkommen unbeabsichtigt, es ging alles rasant schnell. Ich habe noch versucht ihn zu retten, wie man es mit einem guten Freund tun sollte. Ich habe versucht ihn zu trocknen, zu öffnen und sein Innenleben trocken zu legen. Aber nein, er hat noch ein paar ganz kurze Regungen und Zuckungen von sich zu geben und dann blieb er stumm.

Ich war erst etwas verstört, wegen des plötzlichen Abschieds, insbesondere da es meine Schuld war, dass meinem Freund so übel mitgespielt worden war. Und ich wollte auch nicht mein Portemonnaie für einen neuen öffnen.

Aber es musste ein neuer Freund her, ein Nachfolger des alten. Ich schritt zur Tat ohne lange Überlegungen anzustellen und ohne vorher Erkundigungen einzuholen.

Das rächt sich nun!

Der neue ist nicht der alte, alt lässt sich nicht einfach durch neu ersetzen, nicht in unserer schnelllebigen digitalen Welt.

Wir sind nun schon eine ganze Weile zusammen aber der neue will mir einfach zu viel helfen oder mich einfach nur ärgern oder einfach nur ein Besserwisser sein, zumindest fühle ich mich von ihm nicht erst genommen.

Ich schreibe: „dies und das" und mein Besserwisser macht daraus „fies und was".

Ich schreibe: Anästhesie" und lese „Amnesie".

Meine Finger gehen über die Tasten:

Ich schreibe: "Ich habe heute lange geschlafen" aber er verbessert „geschlagen" und ich frage mich, wen soll ich geschlagen haben?

Ich schreibe „Ich muss heute den Rasen mähen" Aber mein Freund ändert um in: „nähen". Wieso soll ich den Rasen nähen, das ist ja etwas ganz Neues.

Ich tippe ein: „Ich war gestern Abend ganz verdattert", lese aber „verwässert". Nein, ich bin nicht verwässert, bestimmt nicht, alles noch ganz pur an mir.

Aus „Urologe" mach das Ding doch tatsächlich „Heiliger". Ich finde, das ist die Höhe. Seit wann ist ein Urologe ein Heiliger?

So geht es laufend, immer meint mein nicht-mehr-so-richtiger-Freund er sei schlauer als ich und ersetzt wahllos alle möglichen Buchstaben und Wörter und lässt mich wie einen Idioten aussehen.

Mein alter Freund machte mir vorwiegend orthographische Verbesserungsvorschläge. Das war nicht nur nett gemeint, sondern auch eindeutig erforderlich bei meiner Verwirrung seit der, zugegeben schon endlos zurückliegenden, Rechtschreibreform.

Ich werde richtig ungehalten. Was sollen diese blöden Verbesserungsversuche. Ich weiß doch schließlich was ich schreiben will. Ich benötige keine kreativen Änderungen oder dummen Neuerfindungen, die den Sinn meiner Nachricht so abwandeln, dass ich richtig senil aussehe, weil sie zum eigentlichen Text so gar nicht passen.

Anfangs habe ich diesen Unsinn auch noch verschickt und dann beim nochmaligen Überfliegen festgestellt, welchen unverständlichen Mist ich da in die Welt geschickt hatte.

Dann habe ich mir angewöhnt vor dem Versenden der Nachricht noch einmal einen Blick darauf zu werfen. Aber leider sind die eigenmächtigen Buchstaben- un Wortberichtigungen meines helfenden Freundes so vielzählig, dass ich immer wieder etwas übersehe und gleich eine erklärende Nachricht hinterherschicken muss, um den Fehler zu erläutern.

Geht es jungen Benutzern auch so wie mir oder bin ich wieder einmal die Dumme, die sich von der digitalen Welt überrumpeln lässt?

Was haben sich die Programmierer eigentlich dabei gedacht? Soll das Ganze eine gutgemeinte Hilfe sein?

Ich sehe diese Programmierer vor ihren Konsolen sitzen und sich langweilen, bis einem von ihnen die zündende Idee kommt: Benutzerverwirrung wollen sie spielen und lachen sich ins Fäustchen, dass es ihnen gelungen ist.

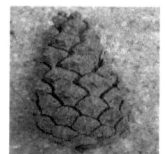

Dezember

Wir hatten einen außergewöhnlich schönen Sommer, von April bis Oktober nur Sonne. Gut für die Stimmung, gut für die alten Knochen, gut für das allgemeine menschliche Wohlbefinden.

Zumindest bei den meisten Menschen. Naja, die Landwirte haben viel gejammert. Bei den Obstbauern, inklusive den Weinbauern, hat sich das Gejammer nach der Ernte in Jubel gewandelt. Es kann eben nicht allen recht gemacht werden. Uralte Weisheit, die sich wieder einmal bestätigt.

„Früher hatten wir oft solche schönen Sommer" hört man von älteren Leuten. Da ich auch dazu gehöre kann ich das nur bestätigen. Viele Sommer waren früher einfach schöner, wärmer, sommerlicher. Es ging so weit, dass Lautsprecherautos der Gemeinde durch die Straßen fuhren und vor unnötigem Wasserverbrauch warnten. Das ging bis zu Verboten den Garten zu sprengen und zu viel Wasser für Wäsche und Hygiene zu verschwenden. Nasenklammern wurden aber nicht verteilt. Man war noch nicht so geruchsempfindlich.

Früher wurde auch Wahlpropaganda von Lausprecherautos aus betrieben. Ich fand das sehr aufregend, meine Nase klebte an der Fensterscheibe. Das war vor der Zeit von Internet und Co aber nach der Einführung von Radio und Fernsehen. So wollte man möglichst viele Mitmenschen lokal erreichen, ob als öffentliche Maßnahme oder als Reklame. Das nur nebenbei.

Aber nun gerade kommt das dicke Ende so einer wunderbaren genussvollen Sommerzeit, der Herbst. Natürlich keine tatsächliche Überraschung, da lange bekannt, aber doch so furchtbar in seiner Auswirkung. Die Temperaturen sind plötzlich gesunken, es gibt Nachtfröste, deren Existenz man sich in den letzten 7 Monaten so gar nicht mehr vorstellen konnte.

Muss das denn sein, es war doch eben noch so schön? Allgemeines Zähneklappern und Beschweren. Was können wir denn da nur machen?

Ob das nun alles mit dem Klimawandel zusammen hängt oder davon getrennt passiert, einfach eine Laune der Natur, unabwendbar wie Regen, Sonne und Schnee? Sogar die Gelehrten streiten darüber. Das menschliche Gehirn ist eben begrenzt. Mich zumindest überfordert eine Stellungnahme dazu.

Da kann man nur das Natürliche tun. Sich in sein Schicksal fügen, ganz vorsichtig und mit Bedacht durch den evtl. noch schlimmeren Winter kommen und auf den nächsten Sommer hoffen.

Ich jedenfalls fülle mir abends meine Wärmflasche, damit zumindest meine Füße nicht leiden und ich mit ihnen. Und ansonsten hoffe ich persönlich auf einen leckerwarmen Sommer im nächsten Jahr. Ich mache da ein Zugeständnis für alle Meckerheinis: Es muss nicht unbedingt wieder ganz so warm werden obwohl es so schöööön war.

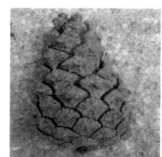

Dezember

Man sollte nicht sagen dies und jenes gefiele einem nicht ohne es ausprobiert zu haben, auch wenn man manchmal für diese Erkenntnis bezahlen muss und zwar nicht unbedingt in klingender Münze. Aber was ist schon umsonst?

Ich war heute zu einem Weihnachtsfrühstück mit Musik. Als ich davon in der Zeitung las dachte ich mir, das hört sich gut an, da musst du hingehen. In Gesellschaft zu frühstücken ist immer schöner als allein und Musik stimmt mich vielleicht auf Weihnachten ein.

Gestern kamen mir dann ganz leichte Zweifel daran, ob diese Veranstaltung für mich wirklich das richtige sei. Die Eintrittskarte hatte ich aber gekauft also ging es im schlimmsten Fall darum Erfahrung zu sammeln.

Zuerst gab es Frühstück vom Buffet. Also, das hatte ich in einer Jugendherberge schon einmal besser genossen, was Umfang und Darbietungsform anbetraf.

Das Publikum war auch mehr so, wie ich es in der Zusammenstellung nicht unbedingt bevorzuge, aber es waren zumindest auch viele Männer dabei, was auch nicht immer der Fall ist. Die jungen Leute und das kleine Kind, die ich gleich erleichtert zu Anfang erspäht hatte waren Angehörige der 2-Mann-Kapelle, wie sich später herausstellte.

Dann kamen die beiden Musiker auf die Bühne. Ursprünglich war weihnachtliche Musik angekündigt worden aber einer der Musiker war erkrankt und es musste Ersatz her. Das an sich fand ich eigentlich sehr gut, denn Weihnachtspopmusik oder Ähnliches gehört auch nicht zu meiner Lieblingsmusik. Aber es wäre mein Fehler gewesen, darüber nicht vorher nachgedacht zu haben. Die Ersatzmusik, die stattdessen gespielt wurde, war durchaus mehr nach meinem Geschmack.

Der Sänger gab sich recht erfolgreich Mühe das Publikum in die Vorstellung mit einzubeziehen, konnte aber nicht sehr treffsicher singen. Aber er schaffte es, die Herrschaften zum Klatschen und ein wenig sogar zum Schunkeln zu bewegen und mich tatsächlich an einigen Stellen zum Mitsingen. Das Repertoire war viel englischsprachig. Leider hatte 1/3 der Zuhörer nie Englisch in der Schule gelernt, denn wir wohnen in einem ländlichen Raum und vor 60 – 80 Jahren gab es hier noch keinen Fremdsprachunterricht an den Volksschulen. Dieser Teil des Publikums war sicher mehr dem Musikgenre Helene Fischer und Co. zugetan und verweigerte sowohl Klatschen, Schunkeln als auch Mitsingen. Das war nachvollziehbar, wenn auch unerwünscht.

Mehr oder weniger leise Beschwerden von „das ist ja Englisch oder so" waren zu hören. „Wir wollen Weihnachtsmusik hören." Es wurden vorwiegend englischsprachige Oldies vorgetragen, durchaus ursprünglich aus der Jugend der hier sitzenden Oldies. Aber diese Songs wurden von diesen Leuten auch schon damals weder gehört, noch verstanden, noch bevorzugt.

Während sich die Band nicht ganz tonsicher viel Mühe gab gipfelte der Protest der Unzufriedenen in Folgendem:

Hinter mir wurde eine sehr laute Frauenstimme hörbar, die in eine kurze Musikstille hinein sagte: „Können Sie uns bitte abholen. Wir sind fertig hier."

Ich sah mich um. Eine Frau hielt so ein wirklich altmodisches Riesending von Handy ans Ohr und bestellte, für den ganzen Saal unüberhörbar, ihr Taxi.

Natürlich bemerkte sie ihre Soloeinlage nicht und sprach ungerührt weiter, wie man es eben macht, wenn man in der Menge telefoniert und seine Umgebung vergisst und damit auch seine guten Manieren.

Ich genoss einen ausführlichen Lacher mit meiner Tischrunde. Das rettete den Tag aber nicht für mich, auch wenn er ihn etwas aufhellte.

Ich finde es wirklich sehr gut, wenn Seniorenveranstaltungen aller Art angeboten werden, das muss man mir einfach glauben.

Aber für mich ist das erst etwas, wenn ich dereinst einmal an Alzheimer erkranken sollte und /oder schon von alleine mit dem Kopf wackle.

Dezember

Weihnachten, das Fest der Feste, der größten Wünsche, der heißesten Tränen, der schlimmsten Gegensätze kommt wieder einmal und bringt alles aus den Fugen, oder kittet aus den Fugen Geratenes.

Weihnachten ist alles möglich und nicht nur Gutes und das leider allzu oft.

Das Fest der freudigen Erwartung und Enttäuschung.

Das Fest der Freude und Wünsche für Kleine und Große.

Das Fest für die Familie und das Wiederaufkeimen alter Gegnerschafften.

Das Fest des Zusammenseins und der Einsamkeit.

Das Fest der Traumvorstellung und der Realität.

Falls sich jemand hier nicht wiederfinden sollte, so ließe sich die Liste sicher noch fortsetzten. Mir fehlt dazu die Puste und, wie man vielleicht schon feststellen konnte, meine persönlichen Erfahrungen mit Weihnachten sind nicht nur positiv. Das finde ich zwar sehr traurig, ich weiß aber auch, dass ich da nicht allein bin.

Hat irgendjemand Erfahrungen damit, wie es an hohen Feiertagen in anderen Religionen zugeht? Entstehen dort auch diese überbordenden Emotionen, die sich immer wieder zur falschen Zeit und am falschen Ort und gegen die falsche Person entladen?

Ich habe als Jugendliche eine Zeit durchlebt, in der ich Weihnachten einfach ignorieren wollte, aus Protest gegen die Eltern oder wegen der unguten Erfahrungen. Ich hätte es nicht nur andenken, sondern auch durchführen und dabei bleiben sollen.

Nur einmal in meinem Leben habe ich Weihnachten so erlebt, wie ich es mir immer gewünscht habe, in einem großen Familienverband in dem alle zufrieden zu sein schienen. Aber vielleicht war das auch nicht für alle Anwesenden so und irgendjemand hat auch da gelitten und war unglücklich.

Ich gratuliere jedem Menschen, der sich nicht nur auf Weihnachten freut, sondern es auch so erleben darf, wie er/sie es sich wünscht.

Mehr habe ich zu dem Thema nicht zu sagen.

Dezember

Das Jahresende ist nicht mehr weit entfernt, sowohl das kalendarische als auch mein persönliches. Beide sind fast deckungsgleich.

Ich habe das erste Jahr in mein 70.er Jahrzehnt überlebt, gemeistert, mit und ohne Blessuren. Es war eigentlich wie zu erwarten war. Es fanden keine gravierenden Veränderungen statt, mehr schleichende. Aber das war früher auch schon so.

Ich werde morgen meinen 71. Geburtstag feiern, etwas weniger aufwendig als meinen letzten runden. Ich werde mich weiterhin bemühen die guten Seiten des Lebens zu bemerken und zu genießen. Ich werde mich bemühen höchstens eine kleine Träne über die Rückschläge in meinem Leben zu vergießen. Man sieht hinterher einfach so verheult aus.

Ich werde mich überraschen lassen, wie lange ich Schritt halten kann mit meinem gewünschten Leben, wie lange Wunsch und Wirklichkeit noch einigermaßen kompatibel sind.

Ich hoffe weiter auf eine verständnisvolle und gnädige Familie und viele verlässliche Freunde.